DA TERRA À LUA

Jules Verne

DA TERRA À LUA

TRAJETO DIRETO EM 97 HORAS E 20 MINUTOS

ILUSTRAÇÕES ORIGINAIS
Henri de Montaut

GRAVURAS ORIGINAIS
Adolphe François Pannemaker

TRADUÇÃO
Sofia Soter

Aleph

Da Terra à Lua

TÍTULO ORIGINAL:
De la Terre à la Lune

COPIDESQUE:
Bruno Alves

CAPA:
Mateus Acioli

REVISÃO:
Suelen Lopes
Beatriz Ramalho

ILUSTRAÇÃO DE CAPA:
Victor Maristane

DADOS INTERNACIONAIS DE CATALOGAÇÃO NA PUBLICAÇÃO (CIP)
DE ACORDO COM ISBD

V531t   Verne, Jules
Da Terra à Lua / Jules Verne ; traduzido por Sofia Soter ; ilustrado por Henri de Montaut. -
São Paulo : Aleph, 2025.
248 p. : il. ; 14cm x 21cm.

Tradução de: De la Terre à la Lune
ISBN: 978-85-7657-708-9

1. Literatura francesa. 2. Ficção. 3. Ficção científica. I. Soter, Sofia.
II. Montaut, Henri de. III. Título.

2025-140   CDD 843
                      CDU 821.133.1-3

ELABORADO POR VAGNER RODOLFO DA SILVA – CRB-8/9410

ÍNDICES PARA CATÁLOGO SISTEMÁTICO:
1. Literatura francesa: ficção 843
2. Literatura francesa: ficção 821.133.1-3

Aleph

Rua Bento Freitas, 306 - Conj. 71 - São Paulo/SP
CEP 01220-000 • TEL 11 3743-3202
www.editoraaleph.com.br

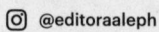 @editoraaleph
 @editora_aleph

DA TERRA À LUA

1

O GUN CLUB

Um clube novo e muito influente se estabeleceu na cidade de Baltimore, em plena Maryland, durante a Guerra de Secessão dos Estados Unidos. Sabe-se bem do ímpeto com que o instinto militar se desenvolveu entre esse povo de armadores marítimos, comerciantes e mecânicos. De negociantes simples, tornaram-se capitães, coronéis ou generais, mesmo sem passar pelas academias militares de West Point. Em pouco tempo, igualaram-se aos colegas do velho continente na "arte da guerra" e, como eles, acumularam vitórias por esbanjar artilharia, dinheiro e soldados.

Um aspecto em que os americanos notavelmente superaram os europeus foi a ciência balística. Não que as armas deles atingissem o mais absoluto grau de perfeição, mas, por conta do tamanho inimaginável, demonstraram um alcance até então desconhecido. Em questão de tiro rasante (alto ou direto) e de disparo lateral (indireto ou contrário), os ingleses, franceses e prussianos não deixam nada a desejar; porém, seus canhões, obuseiros e morteiros são meras pistolas diante dos aparatos formidáveis da artilharia ianque.

Não é lá grande surpresa. Os americanos, primeiros mecânicos do mundo, são engenheiros, tal como os italianos são músicos, e os alemães, metafísicos — todos de berço. Nada mais natural, portanto, do que vê-los dedicar à ciência da balística sua audaciosa engenhosidade. Daí resultam esses canhões gigantescos, muito menos úteis do que as máquinas de costura, mas igualmente impressionantes, e ainda mais admirados. Conhecemos, nesta área, as maravilhas de Parrott, Dahlgreen e Rodman. Os Armstrong, Pallisser e Treuille de Beaulieu foram obrigados a se curvarem diante dos rivais além-mar.

Portanto, durante essa luta terrível entre Norte e Sul, os artilheiros estavam com a bola toda; os jornais da União comemoravam as invenções com entusiasmo, e mesmo os comerciantes mais pobres e os patetas mais ingênuos passavam dia e noite quebrando a cabeça para calcular trajetórias absurdas.

Ora, quando um americano tem uma ideia, procura outro americano que a compartilhe. Se forem três, elegem um presidente, além de dois secretários. Em quatro, nomeiam um arquivista, e se estabelece o escritório. Com cinco, convocam uma assembleia geral, e constitui-se o clube. Foi o que aconteceu em Baltimore. O primeiro inventor de um novo canhão se associou ao primeiro que o fundiu e o primeiro a perfurá-lo. Assim, nasceu o Gun Club. Um mês após a fundação, ele contava com 1.833 membros efetivos e 30.575 membros correspondentes.

Impôs-se uma condição *sine qua non* para todos que quisessem associar-se: ter imaginado ou, no mínimo, aperfeiçoado um canhão; se não um canhão, serviria uma arma de fogo qualquer. Porém, admitimos, os inventores de pistolas de quinze disparos, carabinas pivotantes e baionetas não recebiam tanta consideração. Os artilheiros tinham a primazia em toda circunstância.

— A estima conquistada é proporcional à "massa" do canhão, "em razão direta do quadrado das distâncias" atingidas pelos projéteis! — alegou, certo dia, um dos oradores mais sábios do Gun Club.

Para todos os fins, era a lei de Newton sobre a gravitação universal transposta à ordem moral.

Após o estabelecimento do Gun Club, é fácil imaginar o que o caráter criativo dos americanos inventou no campo dos armamentos. As máquinas de guerra tomaram proporções colossais, e os projéteis, ultrapassando os limites permitidos, passaram a rasgar ao meio transeuntes inofensivos. Todas essas invenções deixaram para trás os instrumentos tímidos da artilharia europeia. Avaliemos pelos seguintes parâmetros.

Antigamente, no "tempo em que se amarrava cachorro com linguiça", uma bala de 36 libras, à distância de cerca de trezentos pés, atravessava 36 cavalos pelo flanco e 68 homens. Era a infância da arte. Desde então, os projéteis avançaram bastante. O canhão Rodman, que disparava a sete milhas[1] uma bala de meia tonelada, derrubaria com facilidade 150 cavalos e trezentos homens. No Gun Club, consideraram uma demonstração solene. Contudo, embora os cavalos tenham consentido com os experimentos, os homens, infelizmente, estavam em falta.

De todo modo, o efeito de tais canhões era mortífero, e a cada disparo os combatentes eram ceifados como espigas. O que representavam, diante de tais projéteis, a famosa bala que tirou de combate 25 homens em Coutras, em 1587, ou aquela que matou quarenta infantes em Zorndoff, em 1758, ou ainda o canhão austríaco de Kesselsdorf, que a cada assalto derrubava setenta inimigos em 1742? O que seriam aqueles ataques surpreendentes de Iéna ou Austerlitz, que decidiam o resultado da batalha? Na Guerra de Secessão, era outra história! Na batalha de Gettysburg, um projétil cônico disparado por um canhão estriado atingiu 173 confederados; e, na travessia do Potomac, uma bala Rodman mandou 215 sulistas desta para a melhor. Deve-se também mencionar o morteiro formidável inventado

---

[1]. A milha equivale a 1.609 metros e 31 centímetros. No caso, é um disparo de aproximadamente três léguas.

por J. T. Maston, membro distinto e secretário vitalício do Gun Club, cujo resultado foi fatal em maiores proporções, tendo levado à morte de 337 pessoas no disparo experimental — ao explodir, admite-se

O que acrescentar a esses números, tão eloquentes por si só? Nada. Aceitamos também, sem discutir, o seguinte cálculo, executado pelo estatístico Pitcairn: ao dividir a quantidade de vítimas das balas de canhão pela quantidade de membros do Gun Club, ele concluiu que cada membro matara "em média" 2.375 homens e meio.

Considerando tamanho montante, é evidente que a única preocupação dessa sociedade erudita era a destruição da humanidade para fins filantrópicos, além do aperfeiçoamento das armas de guerra, consideradas instrumentos de civilização.

Era uma reunião de Anjos Exterminadores, outrossim os melhores filhos do mundo.

Devemos acrescentar que esses ianques, de valentia sem limite, não se ativeram apenas às fórmulas, e provaram o próprio valor. Contamos, entre eles, oficiais de todas as patentes, tenentes ou generais, militares de todas as idades, iniciantes na carreira armamentista e aqueles que envelheciam no segmento de reparos. Dos nomes que figuravam no livro de honra do Gun Club, muitos sucumbiram no campo de batalha, e, entre aqueles que voltaram, a maioria trazia marcas de indiscutível intrepidez. Muletas, pernas de pau, braços articulados, ganchos na mão, queixos de borracha, crânios de prata, narizes de platina, não faltava nada à coleção, e Pitcairn, já mencionado, também calculou que, no Gun Club, havia menos de um braço para cada quatro pessoas, e apenas duas pernas para cada seis.

Esses valentes artilheiros não eram tão exigentes, e sentiam orgulho quando o relatório de uma batalha revelava um número de vítimas dez vezes maior do que a quantidade de projéteis utilizada.

Certa vez, contudo, em um dia triste e lamentável, a paz foi assinada pelos sobreviventes da guerra, as detonações cessaram aos poucos, os morteiros se calaram, os obuseiros foram amordaçados, os canhões voltaram cabisbaixos aos arsenais, as balas se empilharam nos parques, as lembranças ensanguentadas se apagaram, os algodoeiros brotaram, magníficos, nos campos amplamente adubados, as roupas de luto ficaram gastas pelo uso, como as dores, e o Gun Club acabou mergulhado em profundo ócio.

Alguns trabalhadores implacáveis, operários duros na queda, ainda se dedicavam a cálculos de balística; sonhavam, sem cessar, com bombas gigantescas e obuses incomparáveis. Porém, sem prática, do que adiantavam as teorias vãs? Assim, os salões ficaram desertos, a criadagem passou a dormir nas antessalas, os jornais mofavam nas mesas, os cantos escuros ecoavam roncos tristes, e os membros do Gun Club, outrora tão barulhentos, por fim reduzidos ao silêncio graças àquela paz desastrosa, adormeciam sonhando com artilharia platônica!

— É lamentável — disse, certa noite, o corajoso Tom Hunter, enquanto carbonizava as pernas de madeira na lareira do fumódromo. — Nada a fazer! Nada a esperar! Que existência tediosa! Onde foi parar o tempo em que o canhão nos despertava toda manhã com o som alegre das detonações?

— Esse tempo já se foi — respondeu o arrojado Bilsby, tentando se espreguiçar com os braços que lhe faltavam. — Mas que prazer tivemos! Inventávamos um obuseiro e, assim que era fundido, corríamos para experimentá-lo diante do inimigo; então voltávamos ao campo com um encorajamento de Sherman ou um aperto de mão de Mac-Clellan! Mas, hoje, os generais voltaram ao balcão e, em vez de projéteis, distribuem inofensivas balas de açúcar! Ah! Pelo amor de Santa Bárbara! O futuro da artilharia está perdido na América!

— Sim, Bilsby! São cruéis tais decepções! — exclamou o coronel Blomsberry. — Um dia, abandonamos nossos hábitos tranquilos, exercitamos o manejo de armas, trocamos Baltimore pelo campo de batalha, nos portamos como heróis, e, dois, três anos depois, é preciso perder o fruto de tamanho desgaste, dormir em deplorável inércia e manter as mãos nos bolsos.

Por mais que falasse, o valente coronel se via impedido de demonstrar tal prostração, embora não lhe faltassem bolsos.

— E não há perspectiva alguma de guerra! — acrescentou então o famoso J. T. Maston, coçando com o gancho de ferro o crânio de guta-percha. — Nem uma nuvem no horizonte, mesmo que haja tanto a fazer na ciência da artilharia! Eu mesmo terminei, hoje cedo, um esboço de um morteiro destinado a mudar as leis bélicas! Com plano, corte e elevação.

— É mesmo? — retrucou Tom Hunter, involuntariamente sonhando com o último experimento do honorável J. T. Maston.

— É mesmo — respondeu o último. — Mas do que adiantam tantos estudos levados a cabo, tantas dificuldades superadas? Não é trabalhar em vão? O povo do Novo Mundo parece ter jurado viver em paz, e nosso belicoso jornal *Tribune* chega a conjecturar catástrofes futuras devidas ao crescimento escandaloso das populações!

— Contudo, Maston, andam brigando na Europa, para defender o princípio das nacionalidades! — retomou o coronel Blomsberry.

— Ah, é?

— É! Talvez haja o que fazer por lá, se aceitarem nossos serviços...

— Imagine só! Fazer balística em nome dos estrangeiros! — exclamou Bilsby.

— Seria melhor do que não fazer nada — retrucou o coronel.

— Sem dúvida, mas não adianta nem sonhar com essa solução — disse J. T. Maston.

— Por quê? — perguntou o coronel.

— Porque, no Velho Mundo, eles têm ideias de avanço inteiramente contrárias aos nossos hábitos americanos. Aquela gente não imagina que possamos virar general-comandante sem ter servido como subtenente. Seria como dizer que só sabe mirar quem fundiu o próprio canhão! Ora, é simplesmente...

— Absurdo! — concluiu Tom Hunter, retalhando o braço da poltrona com cortes de "bowie-knife".[2] — E, a essa altura, nos resta apenas plantar tabaco ou destilar óleo de baleia!

— Como assim?! — exclamou J. T. Maston, com a voz retumbante. — Como não dedicaremos esses últimos anos de existência a aperfeiçoar as armas de fogo?! Não encontraremos ocasião de experimentar o alcance dos projéteis?! A atmosfera não se iluminará mais sob o brilho dos canhões?! Não surgirá dificuldade internacional que nos permita declarar guerra a algum poderio transatlântico?! Os franceses não afundarão nenhum de nossos barcos a vapor, nem os ingleses enforcarão, a despeito do direito do povo, três ou quatro de nossos compatriotas?!

— Não, Maston, não teremos tamanho prazer! Nenhum desses incidentes ocorrerá e, caso ocorra, não teremos nem como aproveitar! A suscetibilidade americana se esvai ao longo dos dias, e andamos de mal a pior! — respondeu o coronel Blomsberry.

— Sim, estamos nos humilhando! — retorquiu Bilsby.

— E sendo humilhados! — retrucou Tom Hunter.

— Isso é a mais pura verdade — replicou J. T. Maston, com veemência. — Há milhares de motivos para lutar, e não lutamos! Economizamos braços e pernas, em nome de gente que nem sabe o que fazer! E, vejam bem, sem nem procurar tão lon-

---

2. Faca de lâmina longa.

ge um motivo para a guerra, a América do Norte não pertenceu, um dia, aos ingleses?

— Sem dúvida — respondeu Tom Hunter, usando a ponta da muleta para atiçar o fogo, com raiva.

— Pois bem! — continuou J. T. Maston. — Por que a Inglaterra não deveria, por sua vez, pertencer aos americanos?

— Seria pura justiça — respondeu o coronel Blomsberry.

— Façam tal proposta ao presidente dos Estados Unidos e vejam como ele os receberá! — bradou J. T. Maston

— Nos receberá mal — murmurou Bilsby, rangendo os quatro dentes que poupara em batalha.

— Juro por Deus que, nas próximas eleições, ele não poderá nem pensar em contar comigo! — exclamou J. T. Maston

— Nem conosco — responderam, de acordo, os belicosos inválidos.

— Enquanto isso — retomou J. T. Maston —, e para concluir, se não me derem a oportunidade de experimentar meu novo morteiro em um verdadeiro campo de batalha, apresentarei minha demissão como membro do Gun Club e tratarei de me embrenhar nas savanas do Arkansas!

— Nós também — responderam os interlocutores do audacioso J. T. Maston.

Ora, tal era a situação (os ânimos cada vez mais acalorados e o clube ameaçado de dissolução) quando um acontecimento inesperado impediu catástrofe tão lamentável.

No dia seguinte à conversa, cada membro recebeu uma circular indicando os seguintes termos:

Baltimore, 3 de outubro

O presidente do Gun Club tem a honra de avisar aos colegas que, na sessão do dia 5 deste mês, comunicará uma

informação cuja natureza lhes será de vivo interesse. Por consequência, ele roga que se apresentem, de imediato, de acordo com o convite feito por esta missiva.

Muito cordialmente,
IMPEY BARBICANE, P. G. C.

Os atiradores do Gun Club.

2

DISCURSO DO PRESIDENTE BARBICANE

Às 20h do dia 5 de outubro, uma multidão se aglomerou nos salões do Gun Club, no número 21 da Union Square. Todos os membros do círculo que residiam em Baltimore tinham respondido ao convite do presidente. Já os membros correspondentes desembocavam às centenas pelas ruas da cidade, e, por maior que fosse o *hall* das sessões, a turba de eruditos não encontrava mais espaço, de modo que se espalhava pelas salas vizinhas, pelos corredores e até o meio dos pátios externos; lá, encontravam o populacho que se ajuntava às portas, todos tentando chegar às primeiras fileiras, ávidos por escutar o importante discurso do presidente Barbicane, empurrando, acotovelando e pisoteando uns aos outros com a liberdade de ação particular às massas instruídas segundo a ideia de autogoverno, ou "self-government".

Em tal noite, um estrangeiro que se encontrasse em Baltimore não conseguiria, nem a preço de ouro, adentrar o salão; o ambiente era reservado aos membros residentes ou correspondentes, e mais ninguém poderia entrar ali. Até mesmo os notáveis da cidade, os magistrados do conselho administrativo de *selectmen*,[1] tiveram de se misturar à aglomeração de administrados para captar notícias do que ocorria lá dentro.

---

1. Administradores municipais eleitos pela população.

O presidente Barbicane.

Enquanto isso, o imenso salão oferecia um espetáculo curioso a quem o visse. O vasto local era mais do que adequado a seu uso. Colunas altas compostas por canhões sobrepostos, que tinham por base morteiros grossos, sustentavam a estrutura fina da abóbada, uma renda de fundição moldada por cortadores. Panóplias de bacamartes, trabucos, arcabuzes, carabinas e todas as armas de fogo possíveis, antigas ou modernas, ficavam dispostas nas paredes em uma rede pitoresca. O gás saía em fogo alto de milhares de revólveres agrupados na forma de lustres, e castiçais de pistolas e candelabros de fuzil reunidos completavam a iluminação esplêndida. Os modelos de canhões, as amostras de bronze, os alvos crivados de tiros, as placas rachadas pelo impacto das balas do Gun Club, conjuntos de soquetes e escovilhões, cachos de bombas, colares de projéteis, guirlandas de obuses, em suma, todos os apetrechos de artilharia surpreendiam por sua disposição espantosa e davam a impressão de ter um objetivo mais decorativo do que mortífero.

No lugar de honra, se via, protegido por uma vitrine esplêndida, um pedaço de culatra, partido e retorcido pela força da pólvora, resquício precioso do canhão de J. T. Mason.

Na extremidade da sala, o presidente, acompanhado de quatro assessores, ocupava um amplo platô. Seu assento, elevado por um reparo esculpido, tinha a forma poderosa de um morteiro de oitenta centímetros e fora fixado em um ângulo de noventa graus, suspenso em mancais, de modo que o presidente poderia impulsioná-lo, à maneira das "rocking-chairs",[2] em um movimento bastante agradável. Na mesa, uma chapa metálica larga apoiada em seis caronadas, via-se um tinteiro de extremo bom gosto, fabricado por um mosquete cinzelado à perfeição, e um sinete detonador que, de vez em quando, estourava como um revólver. Durante as discussões mais veementes, o novo estilo de campainha servia, por pouco, para abafar a voz da legião de artilheiros empolgados.

Diante da mesa, bancos dispostos em zigue-zague, como fossos de uma trincheira, formavam uma sucessão de baluartes e bastiões, onde se posicionavam todos os membros do Gun Club. Nessa noite, seria possível dizer que a fortaleza estava cheia. O presidente era conhecido, e sabia-se que não incomodaria os colegas sem um motivo da maior importância.

---

2. Cadeiras de balanço, moda nos Estados Unidos.

Impey Barbicane era um homem de 40 anos, calmo, frio, austero, de natureza eminentemente séria e concentrada; de precisão cronometrada, temperamento a toda prova, caráter inabalável; pouco cavalheiresco, embora aventureiro, abordava com praticidade até as empreitadas mais temerárias; era o homem da Nova Inglaterra por excelência, nortista colonizador, descendente dos *Roundheads* tão funestos aos Stuart, inimigo implacável dos *gentlemen* do sul, antigos *Cavaliers* da mãe-pátria.[3] Em uma frase, era ianque da cabeça aos pés.

Barbicane fizera grande fortuna no comércio madeireiro; nomeado diretor de artilharia na guerra, mostrara-se fértil no campo das invenções e, com ideias audaciosas, contribuíra fartamente ao progresso do Exército e dera impulso incomparável às medidas mais experimentais.

Era uma figura de estatura média, que tinha — rara exceção no Gun Club — todos os membros intactos. Suas feições acentuadas pareciam traçadas com esquadro e tira-linhas, e se for verdade que, para avaliar o instinto de um homem, deve-se vê-lo de perfil, Barbicane, em tal ângulo, dava indícios certeiros de energia, audácia e sangue-frio.

Nesse instante, ele se encontrava imóvel na cadeira, mudo, absorto, introvertido, protegido pela cartola, um cilindro de seda preta que parecia aparafusado na cabeça dos americanos.

Seus colegas conversavam aos estrondos a seu redor sem distraí-lo; eles faziam perguntas, arriscavam-se em suposições, examinavam o presidente e buscavam, em vão, decifrar o segredo de sua fisionomia imperturbável.

Quando o relógio fulminante do salão badalou as 20h, Barbicane, como se movido a mola, se empertigou de súbito. Fez-se

---

3. *Roundheads* e *Cavaliers* são grupos opostos que participaram da Guerra Civil inglesa. [N. T.]

silêncio geral, e o orador, com o tom um pouco enfático, tomou a palavra:

— Bravos colegas, há muito tempo uma paz infecunda veio mergulhar os membros do Gun Club em ócio lamentável. Após um período de alguns anos tão repletos de incidentes, foi preciso abandonar nosso trabalho e interromper com brusquidão o trajeto do progresso. Não temo proclamar a quem quiser ouvir que qualquer guerra que devolvesse armas às nossas mãos seria bem-vinda...

— Mais guerra, sim! — gritou o impetuoso J. T. Maston.

— Silêncio! Escute! — retrucaram de todos os lados.

— Mas a guerra... — prosseguiu Barbicane — A guerra é impossível nas condições atuais, e, apesar das esperanças de meu honrado interruptor, passaremos ainda longos anos sem que nossos canhões ressoem em um campo de batalha. É preciso, portanto, dar o braço a torcer e buscar em outra área o combustível à atividade que nos consome!

A assembleia sentiu que o presidente estava prestes a abordar um tema delicado e redobrou a atenção.

— Há alguns meses, meus bravos colegas — continuou Barbicane —, me pergunto se, ainda nos atendo à nossa especialidade, não seria possível empreender algum grande experimento digno do século 19 e se o progresso balístico não nos permitiria levá-lo a um bom resultado. Por isso, pesquisei, trabalhei, calculei, e resultou dos meus estudos a convicção de que devemos chegar ao sucesso em uma empreitada que pareceria impraticável a qualquer outro país. Este projeto, de longa elaboração, será o tema de minha fala; é digno de vocês, digno do passado do Gun Club, e sem dúvida causará um estrondo no mundo!

— Muito estrondo? — bradou um artilheiro apaixonado.

— Muito estrondo, no sentido verdadeiro da palavra — confirmou Barbicane.

— Não interrompa! — repetiram várias vozes.

— Rogo, então, bravos colegas, que me dediquem sua plena atenção — continuou o presidente.

Um calafrio percorreu a assembleia. Barbicane, após ajeitar a cartola com um gesto rápido, prosseguiu o discurso com a voz calma:

— Não há ninguém entre vocês, bravos colegas, que não tenha visto a Lua ou, no mínimo, ouvido falar dela. Não se espantem por eu tratar aqui, com vocês, do astro da noite. Talvez nos esteja reservado o destino de servir de Colombo a este mundo desconhecido. Entendam o que digo e me apoiem com toda a força, pois os conduzirei à conquista dela, cujo nome se juntará ao dos 36 estados que formam este grande país tão unido!

— Viva a Lua! — gritou o Gun Club em uníssono.

— Estudamos muito a Lua — retomou Barbicane. — Sua massa, sua densidade, seu peso, seu volume, sua composição, seus movimentos, sua distância, seu papel no sistema solar. Tudo foi determinado à perfeição. Desenhamos mapas selenográficos[4] cuja precisão se iguala àquela dos mapas terrestres, quiçá talvez a supere. A fotografia provou a beleza incomparável de nosso satélite.[5] Em suma, sabemos da Lua tudo que a matemática, a astronomia, a geologia e a ótica podem ensinar; mas, até hoje, nunca se estabeleceu comunicação direta com ela.

Um movimento violento de interesse e surpresa acolheu essas palavras. Ele continuou:

— Permitam-me lembrar-lhes, em poucas palavras, como certas personalidades ardentes, embarcadas em viagens imaginárias, alegaram desvelar os segredos de nosso satélite. No século 17, certo David Fabricius se vangloriou de ver, com os próprios

---

4. Da palavra grega Σελήνη, Selene, que significa Lua.

5. Basta observar as magníficas fotos da Lua tiradas por Warren de la Rue.

olhos, os habitantes da Lua. Em 1649, um francês, Jean Baudoin, publicou *Voyage fait au Monde de la Lune par Dominique Gonzalès*, um aventureiro espanhol.[6] Na mesma época, Cyrano de Bergerac publicou a célebre expedição,[7] recebida com muito sucesso na França. Mais tarde, Fontenelle, outro francês, pois essa gente se preocupa muito com a Lua, escreveu *Diálogos sobre a pluralidade dos mundos*, uma obra-prima da época... mas a ciência, ao caminhar, pisoteia até mesmo as obras-primas! Por volta de 1835, um panfleto traduzido do *New York American* relatou que Sir John Herschell, enviado ao Cabo da Boa-Esperança para estudos astronômicos, tinha, por meio de um telescópio aperfeiçoado por iluminação interna, aproximado a Lua à distância de oitenta jardas.[8] Assim, ele teria percebido distintamente cavernas onde viviam hipopótamos, montanhas verdes com renda de ouro, ovelhas de chifre de marfim, cervos brancos e habitantes com asas membranosas como as dos morcegos. Tal publicação, obra de um americano de nome Locke, fez muito sucesso.[9] Porém, logo se reconheceu que se tratava de um engodo científico, e foram os franceses os primeiros a rir.

— Rir de um americano! Eis um *casus belli*! — exclamou J. T. Maston.

— Fique tranquilo, meu digno amigo. Os franceses, antes de rir, foram perfeitamente enganados por nosso compatriota. Para concluir este breve histórico, acrescento que certo Hans

---

6. Na realidade, Jean Baudoin foi um tradutor francês. A obra a que Verne se refere foi originalmente publicada em inglês, sob o título *The Man in the Moone*, por Francis Godwin (em publicação póstuma, assinando com o pseudônimo de Domingo Gonsales). [N. T.]

7. *Histoire comique des États et Empires de la Lune*, obra satírica publicada postumamente, em 1657. [N. T.]

8. A jarda equivale a pouco menos de um metro, mais especificamente 91 centímetros.

9. Obra publicada na França pelo republicano Laviron, morto no cerco de Roma em 1849.

Pfaal, de Roterdã, ao decolar em um balão repleto de um gás derivado do azoto,[10] 37 vezes mais leve que o hidrogênio, alcançou a Lua após dezenove dias de travessia. Essa viagem, como as tentativas anteriores, foi de todo imaginária, mas se revelou obra de um escritor popular na América, um gênio estranho e reflexivo. Falo de Poe!

— Viva Edgar Poe! — exclamou a assembleia, eletrizada pelas palavras do presidente.

— Concluí as tentativas que descreverei como puramente literárias e bem insuficientes de estabelecer uma relação com o astro noturno — retomou Barbicane. — Entretanto, devo acrescentar que algumas personalidades mais práticas tentaram firmar uma comunicação mais séria com ele. Assim, há alguns anos, um geômetra alemão propôs enviar uma comissão de estudiosos à estepe da Sibéria. Lá, nas vastas planícies, deveriam estruturar figuras geométricas imensas, traçadas por meio de refletores luminosos, entre outras, o quadrado da hipotenusa, chamado vulgarmente de "ponte dos burros" pelos franceses. "Todo ser inteligente", dizia o geômetra, "deve entender o objetivo científico desta figura. Os selenitas,[11] se existirem, responderão com uma figura semelhante, e, ao estabelecer a comunicação, será fácil criar um alfabeto que permita dialogar com os moradores da Lua." Era o que alegava o geômetra alemão, mas o projeto não foi posto em prática, e até o momento não existe nenhum vínculo direto entre a Terra e seu satélite. A conexão com o mundo sideral está destinada ao caráter prático dos americanos. O meio para tal fim é simples, fácil, certo e inevitável, o objeto de minha proposta.

---

10. Antigo nome do nitrogênio. [N. T.]

11. Habitantes da Lua.

Um rebuliço, um tumulto de exclamações, ao receber tais palavras. Não houve um ouvinte que não se deixasse dominar, carregar, transportar pela fala do orador.

— Calma! Calma! Silêncio! — gritaram por toda parte.

Quando a agitação se aquietou, Barbicane prosseguiu o discurso interrompido, com a voz mais severa:

— Vocês conhecem o progresso da balística nos últimos anos, e a que grau de perfeição teriam chegado as armas de fogo se a guerra continuasse. Também não ignoram que, de modo geral, a força de resistência dos canhões e a potência expansiva da pólvora são ilimitadas. Pois, então! Partindo desse princípio, me perguntei se, por meio de um aparelho adequado, estabelecido em condições determinadas de resistência, não seria possível disparar uma bala de canhão à Lua.

Diante de tal fala, um "ah!" estupefato escapou de mil peitos ofegantes; depois, fez-se um momento de silêncio, semelhante à calma profunda que precede o clamor do trovão. Rebentou de todo jeito o estrondo, mas na forma de uma tempestade de aplausos, gritos e vivas, que fez tremer o salão. O presidente queria falar, mas não conseguia. Ele só voltou a se fazer ouvir dez minutos depois.

— Permitam-me a conclusão — retomou ele, frio. — Analisei a questão por todos os lados, abordei-a com determinação, e meus cálculos indiscutíveis demonstram que todo projétil dotado de velocidade inicial de 12 mil jardas[12] por segundo, na direção da Lua, chegará, necessariamente, ao destino. Tenho, então, a honra de propor a vocês, meus bravos colegas, que tentemos este pequeno experimento!

---

12. Cerca de onze quilômetros.

3

EFEITO DO DISCURSO DE BARBICANE

É impossível retratar o efeito causado pelas últimas palavras do honorável presidente. Que gritos! Que vociferações! Que sucessão de grunhidos, vivas, de "hip! hip! hip!", e tantas outras onomatopeias abundantes na língua americana! Foi uma algazarra, uma balbúrdia indescritível! Bocas gritavam, mãos aplaudiam, pés estremeciam o assoalho de todas as salas. Nem se disparassem ao mesmo tempo todas as armas daquele museu de artilharia, as ondas sonoras veriam tamanha agitação. Não é surpresa. Há canhoneiros quase tão barulhentos quanto seus canhões.

Barbicane mantinha a calma em meio ao clamor entusiasmado; talvez ainda desejasse dirigir algumas palavras aos colegas, pois seus gestos exigiam silêncio, e seu timbre fulminante se esgotou em detonações violentas. Ninguém nem escutou. Ele logo foi arrancado da cadeira, erguido em triunfo, e passou das mãos dos fiéis camaradas aos braços de uma multidão também alvoroçada.

Nada era capaz de espantar um americano. Diz-se com frequência que a palavra "impossível" não faz parte da língua francesa; nitidamente, erraram de dicionário. Na América, tudo é fácil, tudo é simples, e as dificuldades mecânicas morrem antes mesmo de nascer. Entre o projeto de Barbicane e sua execução, nenhum verdadeiro ianque pôde vislumbrar sequer um traço de dificuldade. Dito e feito.

Sessão no Gun Club.

A marcha triunfal do presidente se prolongou noite adentro. Uma verdadeira procissão. Irlandeses, alemães, franceses, escoceses, todos os indivíduos heterogêneos que compõem a população de Maryland gritavam na língua materna, e os vivas, bravos e aclamações se mesclavam em um entusiasmo indescritível.

Precisamente, como se entendesse que dela se tratava, a Lua reluzia com esplendor sereno, cujo brilho intenso eclipsava as luzes dos arredores. Todos os ianques voltaram os olhos para o disco cintilante; alguns a saudavam com a mão, outros a chamavam pelos nomes mais carinhosos; havia quem a medisse com o olhar e quem a ameaçasse com o punho; das oito à meia-noite, um oculista da rua Jones Falls fez fortuna com a venda de lunetas. O astro da noite era admirado como uma *lady* da mais fina flor. Os americanos agiam com a falta de cerimônia digna de proprietários. Parecia que a loira Febe[1] pertencia àqueles conquistadores audaciosos e já integrava o território da União. Porém, tratava-se apenas de enviar-lhe um projétil, modo bastante brutal de iniciar uma relação, mesmo com um satélite, apesar de ser muito comum entre nações civilizadas.

Marcha sob a luz das tochas.

1. Deusa grega da Lua. [N. T.]

Ao soar da meia-noite, o entusiasmo ainda não diminuíra, perseverando em doses iguais por todas as classes da população: o magistrado, o erudito, o negociante, o comerciante, o carregador, os homens inteligentes e os "verdes",[2] todos se sentiam abalados nas fibras mais delicadas. Era um empreendimento nacional, de modo que a cidade alta, a cidade baixa, os cais banhados pelas águas do rio Patapsco, os navios aprisionados nas baías, todos transbordavam de multidões embriagadas de alegria, gim e uísque. Conversavam, discursavam, discutiam, disputavam, aprovavam, aplaudiam todos, do *gentleman* relaxado no sofá dos *bar-rooms* diante do caneco de *sherry cobbler*,[3] ao *waterman* que se embebedava com "arrebenta-peito"[4] nas tabernas escuras de Fell's Point.

Por volta das duas horas, enfim, a emoção baixou. O presidente Barbicane conseguiu voltar para casa, alquebrado, acabado, abatido. Hércules nenhum resistiria a tamanho entusiasmo. A turba foi deixando, pouco a pouco, as praças e ruas. As quatro ferrovias de Ohio, Susquehanna, Filadélfia e Washington, que convergiam em Baltimore, espalharam o público exógeno pelos quatro cantos dos Estados Unidos, e a cidade descansou em relativa tranquilidade.

Porém, seria um erro acreditar que, durante aquela noite memorável, Baltimore foi a única vítima da agitação. As maiores cidades da União — Nova York, Boston, Albany, Washington, Richmond, Crescent City,[5] Charleston, a baía Mobile, do Texas

---

2. Expressão americana que se refere a pessoas inexperientes.

3. Bebida que mistura rum, suco de laranja, açúcar, canela e noz-moscada. Tem cor amarelada e é tomada com canudo de vidro. Os *bar-rooms* são como os cafés.

4. Bebida assustadora da classe pobre. Em inglês: *thorough knock-me-down*.

5. Apelido de Nova Orleans.

a Massachusetts, do Michigan às Flóridas[6] —, todas participaram do delírio. Na realidade, os 30 mil correspondentes do Gun Club tinham recebido a carta do presidente e aguardavam com igual impaciência o famoso discurso do dia 5 de outubro. Portanto, na mesma noite, conforme saíam da boca do orador, as palavras corriam também pelos fios dos telégrafos, atravessando os estados da União à velocidade de quase 248.447 milhas[7] por segundo. Portanto, pode-se dizer com certeza absoluta que, no mesmo instante, os Estados Unidos da América, dez vezes maiores do que a França, emitiram um viva uníssono, e que 25 milhões de corações inflamados de orgulho bateram na mesma pulsação.

No dia seguinte, 1.500 jornais diários, semanais, quinzenais ou mensais debateram a questão; examinaram-na por diferentes aspectos, fossem físicos, meteorológicos, econômicos ou morais, pelo ponto de vista da preponderância política e da civilização. Perguntaram se a Lua era um mundo completo, se ainda não estava em meio a uma transformação. Lembraria a Terra na época em que não existia atmosfera? Que espetáculo apresentaria a face invisível ao esferoide terrestre? Embora por enquanto o projeto fosse apenas enviar uma bala de canhão ao astro da noite, todos viam naquilo o ponto de partida de uma série de experimentos; todos esperavam que, um dia, a América desvelasse os últimos segredos daquele disco misterioso, e havia até quem parecesse temer que tamanha conquista perturbasse consideravelmente o equilíbrio europeu.

Após a discussão do projeto, nenhum periódico duvidou da execução; os almanaques, as brochuras, os boletins, as "*magazines*" publicadas pelas sociedades acadêmicas, literárias ou

---

6. À época, o que hoje conhecemos como o estado da Flórida era dividido em Leste e Oeste, sendo unificado apenas posteriormente. [N. T.]

7. Cem mil léguas, que é a velocidade da eletricidade.

religiosas, todos destacaram as vantagens, e a Sociedade de História Natural de Boston, a Sociedade Americana de Ciências e Artes de Albany, a Sociedade Geográfica e Estatística de Nova York, a Sociedade Filosófica Americana da Filadélfia e o Instituto Smithsonian de Washington enviaram milhares de cartas de felicitações ao Gun Club, contendo ofertas imediatas de serviço e verba.

Pode-se dizer, assim, que nenhuma outra proposta jamais reunira semelhante quantidade de aderentes; hesitações, dúvidas e inquietações não eram nem consideradas. Já as piadas, caricaturas e cantigas que a ideia de enviar um projétil à Lua teria recebido na Europa, em especial na França, não dariam bom resultado ao autor; nem todos os *"life-preservers"*[8] do mundo o protegeriam da indignação geral. De certas coisas não se ri no Novo Mundo. Foi assim que Impey Barbicane se tornou um dos maiores cidadãos dos Estados Unidos, uma espécie de Washington da ciência, e um fato, entre vários, demonstrará o alcance daquela submissão repentina do povo a um homem.

Alguns dias após a famosa reunião do Gun Club, o diretor de uma trupe inglesa anunciou uma apresentação de *Muito barulho por nada*[9] no teatro de Baltimore. A população da cidade, vendo no título uma alusão ofensiva aos projetos do presidente Barbicane, invadiu o teatro, quebrou as cadeiras e obrigou o infeliz diretor a trocar de repertório. Este, por sagacidade, cedeu à vontade pública e substituiu a comédia de erros por *Como gostais*[10] e, ao longo de várias semanas, faturou uma bilheteria fenomenal.

---

8. Arma de bolso composta por um eixo flexível e uma bola de metal na ponta.

9. Uma das comédias de Shakespeare.

10. Também de Shakespeare.

4

RESPOSTA DO OBSERVATÓRIO DE CAMBRIDGE

Por sua vez, Barbicane não perdeu um instante sequer em meio às ovações que o cercavam. Seu primeiro feito foi reunir os colegas na sede do Gun Club. Lá, após uma discussão, decidiram consultar os astrônomos quanto à parte astronômica da empreitada; após receber a resposta, discutiriam os meios mecânicos, sem negligenciar nada, de modo a garantir o sucesso do enorme experimento.

Uma nota muito precisa, contendo perguntas específicas, foi então redigida e endereçada ao Observatório de Cambridge, em Massachusetts. A cidade, onde foi fundada a primeira universidade dos Estados Unidos, é conhecida em especial por seu departamento de astronomia. Lá se reúnem acadêmicos do maior mérito e funciona o telescópio poderoso que possibilitou a George Phillips Bond desvendar a nebulosa de Andrômeda e a Alvan Graham Clark Jr. descobrir o satélite de Sirius. O estabelecimento, portanto, justificava plenamente a confiança do Gun Club.

Então, dois dias depois, a resposta, aguardada com tamanha impaciência, chegou às mãos do presidente Barbicane. Ela era composta nos seguintes termos:

Do diretor do Observatório de Cambridge
para o presidente do Gun Club de Baltimore.
Cambridge, 7 de outubro.

Ao receber sua missiva do dia 6 do mês corrente, destinada ao Observatório de Cambridge em nome dos membros do Gun Club de Baltimore, nosso departamento se reuniu de imediato e considerou adequado responder da forma a seguir:

As perguntas que nos foram propostas são as seguintes:

1. É possível enviar um projétil à Lua?
2. Qual é a distância exata que separa a Terra de seu satélite?
3. Qual seria a duração do trajeto do projétil impulsionado por velocidade inicial suficiente e, por consequência, em que momento deveria ser disparado para alcançar a Lua em determinado ponto?
4. Em que momento preciso a Lua se apresentará na posição mais favorável para ser atingida pelo projétil?
5. A que ponto do céu devemos dirigir o canhão destinado a lançar o projétil?
6. Que posição a Lua ocupará no céu no momento de disparo do projétil?

Quanto à primeira pergunta: é possível enviar um projétil à Lua?

Sim, é possível enviar um projétil à Lua, caso o projétil seja impulsionado por velocidade inicial de 12 mil jardas por segundo. O cálculo demonstra que essa velocidade é suficiente. À medida que nos afastamos da Terra, a ação da gravidade diminui em proporção inversa ao quadrado das distâncias, ou seja, para uma distância três vezes maior, a ação é nove vezes mais fraca. Por consequência, o peso da bala de canhão diminuirá depressa, acabando por se anular por completo no momento em que a atração da Lua se encontrar em equilíbrio com a da Terra, isto é, nos 47/52 do trajeto. Neste momento, o projétil não terá mais peso, *e, caso passe deste ponto, cairá na Lua por efeito único da atração lunar. A possibilidade teórica da experiência é, portanto, demonstrada; quanto à execução, depende apenas da potência da máquina utilizada.*

Quanto à segunda pergunta: qual é a distância exata que separa a Terra de seu satélite?

A Lua não descreve uma circunferência ao redor da Terra, e, sim, uma elipse, na qual nosso globo ocupa um dos focos; daí a consequência de que a Lua se encontre ocasionalmente mais próxima da Terra, ou mais afastada, ou, em termos astronômicos, mais em apogeu e mais em perigeu. A diferença entre a maior e a menor distância é considerável o suficiente, em número, para que não a negligenciemos. Na realidade, no apogeu, a Lua se encontra a 247.552 milhas (99.640 léguas de quatro quilômetros) e, no perigeu, a apenas 218.657 milhas (88.010 léguas), o que corresponde a uma diferença de 28.895 milhas (11.630 léguas), mais de ⅑ do percurso. É, portanto, a distância de perigeu da Lua que deve servir de base para os cálculos.

Quanto à terceira pergunta: qual seria a duração do trajeto do projétil impulsionado por velocidade inicial suficiente e, por consequência, em que momento deveria ser disparado para alcançar a Lua em determinado ponto?

Se o projétil conservasse indefinidamente a velocidade inicial de 12 mil jardas por segundo, que o impulsionaria no disparo, levaria apenas aproximadamente nove horas para chegar ao destino; porém, como a velocidade inicial decrescerá continuamente, os cálculos indicam que o projétil precisará de 300 mil segundos, ou seja, 83 horas e vinte minutos, para atingir o ponto de equilíbrio das atrações terrestre e lunar, e, de tal ponto, cairá na Lua em 50 mil segundos, isto é, treze horas, 53 minutos e vinte segundos. Convém, então, dispará-lo 97 horas, treze minutos e vinte segundos antes da chegada da Lua ao ponto desejado.

Quanto à quarta pergunta: *em que momento preciso a Lua se apresentará na posição mais favorável para ser atingida pelo projétil?*

A partir do que acaba de ser descrito, é preciso, a princípio, escolher a época de perigeu da Lua, e, ao mesmo tempo, o momento em que passará pelo zênite,[1] o que diminuirá o percurso em distância igual ao raio terrestre, ou seja, 3.919 milhas; assim, o trajeto definitivo será de 214.976 milhas (86.410 léguas). Porém, embora a Lua passe pelo perigeu todo mês, não é sempre que se encontra no zênite ao mesmo momento. Apenas a longos intervalos se apresenta nas duas condições. Seria preciso, portanto, aguardar a coincidência da passagem pelo perigeu e pelo zênite. Por circunstâncias favoráveis, no dia 4 de dezembro do próximo ano, a Lua oferecerá ambas as condições: à meia-noite, estará no perigeu, ou seja, à menor distância da Terra, e passará ao mesmo tempo pelo zênite.

Quanto à quinta pergunta: *a que ponto do céu devemos dirigir o canhão destinado a lançar o projétil?*

Admitindo as observações precedentes, o canhão deverá ser posicionado no zênite do local; assim, o tiro será perpendicular ao plano do horizonte, e o projétil se libertará mais depressa dos efeitos da atração terrestre. Porém, para que a Lua chegue ao zênite de um local, este não pode ser superior em latitude à inclinação do astro, ou seja, deve estar entre 0° e 28° de latitude, norte ou sul.[2] Em qualquer outro local, o tiro seria necessariamente oblíquo, o que impediria o sucesso do experimento.

Quanto à sexta pergunta: *que posição a Lua ocupará no céu no momento de disparo do projétil?*

---

1. Ponto do céu localizado verticalmente acima do observador.

2. É verdade que apenas regiões localizadas entre a linha do Equador e o 28º paralelo são as únicas em que a culminação da Lua leva ao zênite. Depois do 28º paralelo, a Lua se aproxima cada vez menos do zênite conforme o observador avança para um dos polos.

No momento em que o projétil for lançado ao espaço, a Lua, que avança treze graus, dez minutos e 35 segundos a cada dia, deverá se encontrar afastada do ponto zenital em quatro vezes este valor, ou seja, 52 graus, 42 minutos e vinte segundos, espaço correspondente ao caminho que fará durante o percurso do projétil. Contudo, como é preciso considerar igualmente o desvio imposto à bala de canhão pelo movimento de rotação da Terra, e como a bala chegará à Lua apenas após desviar em uma distância equivalente a dezesseis raios terrestres, que, contados na órbita da Lua, representam aproximadamente onze graus, devemos acrescentar esses onze graus àqueles que expressam o atraso da Lua já mencionado, isto é, 64 graus, em números redondos. Assim, no momento do disparo, o raio visual dirigido à Lua formará com a vertical do local um ângulo de 64 graus.

São estas as respostas às perguntas feitas ao Observatório de Cambridge pelos membros do Gun Club.

Resumindo:

1. O canhão deve ser estabelecido em um país situado entre 0° e 28° de latitude norte ou sul.
2. Ele deve ser posicionado no zênite do local.
3. O projétil deve ser impelido por uma velocidade inicial de 12 mil jardas por segundo.
4. Ele deve ser disparado no dia 1° de dezembro do próximo ano, às dez horas, 46 minutos e quarenta segundos.
5. Ele encontrará a Lua quatro dias após a partida, precisamente à meia-noite de 4 de dezembro, no momento em que ela passará pelo zênite.

Os membros do Gun Club devem iniciar sem delongas o trabalho necessário para tal empreitada e estar prontos a agir no momento determinado, pois, se deixarem passar a data de 4 de dezembro, encontrarão a Lua nas mesmas condições de perigeu e zênite apenas em dezoito anos e onze dias.

O departamento do Observatório de Cambridge se mostra à total disposição para tratar das questões de astronomia teórica e acrescenta, pela presente carta, seus parabéns àqueles de toda a América.

Em nome do departamento:

J. M. BELFAST, Diretor do Observatório de Cambridge.

O Observatório de Cambridge.

5

CRÔNICA DA LUA

Um observador dotado de visão infinitamente penetrante, e posicionado neste centro desconhecido ao redor do qual gravita o mundo, veria miríades de átomos preencherem o espaço na época caótica do universo. Porém, pouco a pouco, ao longo dos séculos, ocorreu uma mudança; manifestou-se uma lei da atração, à qual obedeceram os átomos até então errantes; tais átomos se combinaram quimicamente de acordo com afinidades, se tornaram moléculas e formaram esses aglomerados nebulosos que pintalgam as profundezas do céu.

Perspectiva da Lua.

Tais aglomerados logo foram animados por um movimento de rotação ao redor de seu ponto central. O centro, composto por moléculas difusas, se pôs a girar, condensando-se progressivamente; seguindo leis imutáveis da mecânica, conforme seu volume diminuía pela condensação, o movimento de rotação acelerava, e da persistência desses dois efeitos resultou uma estrela principal, centro do aglomerado nebuloso.

Ao olhar com atenção, o observador veria, então, as outras moléculas do aglomerado se comportarem como a estrela central: condensarem-se, por sua vez, pelo movimento de rotação progressivamente acelerado e por gravitarem ao redor dela na forma de incontáveis estrelas. As nebulosas, que os astrônomos atualmente consideram ser aproximadamente 5 mil, formaram-se assim.

Entre essas 5 mil nebulosas, há uma que os seres humanos chamaram de Via Láctea[1] e que contém 18 milhões de estrelas, todas as quais se tornaram o centro de um mundo solar.

Caso o observador tenha, então, examinado especificamente, entre esses 18 milhões de astros, um dos mais modestos e menos brilhantes,[2] uma estrela de quarta categoria, que assume o nome orgulhoso de Sol, todos os fenômenos aos quais se deve a formação do universo ocorreriam sucessivamente à sua frente.

Este mesmo Sol, ainda em estado gasoso e composto por moléculas móveis, seria visto girando no próprio eixo para concluir seu trabalho de concentração. Tal movimento, fiel às leis da mecânica, aceleraria com a diminuição de volume, e chegaria o momento em que a força centrífuga o conduziria à força centrípeta, que tende a empurrar as moléculas para o centro.

---

1. Da palavra grega γάλακτος, que significa leite.

2. Segundo Wollaston, Sirius deve ser doze vezes maior do que o Sol, ou seja, um diâmetro de 4,3 milhões de léguas.

Então outro fenômeno se daria diante do observador, e as moléculas situadas no plano equatorial, soltando-se como a pedra de um estilingue cuja corda se rompe subitamente, formariam ao redor do Sol diversos anéis concêntricos, semelhantes àquele de Saturno. Por sua vez, esses anéis de matéria cósmica, tomados por um movimento de rotação ao redor da massa central, se partiriam e decomporiam em nebulosidades secundárias, isto é, em planetas.

Caso o observador concentrasse, então, toda a atenção nesses planetas, os veria comportar-se exatamente como o Sol, e dar origem a um ou mais anéis cósmicos, origens dos astros de categoria inferior que chamamos de satélites.

Assim, indo do átomo à molécula, da molécula ao aglomerado nebuloso, do aglomerado nebuloso à nebulosa, da nebulosa à estrela principal, da estrela principal ao Sol, do Sol ao planeta e do planeta ao satélite, apresentamos toda a sequência de transformações sofridas pelos corpos celestes desde os primeiros dias do mundo.

O Sol parece perdido na imensidão do mundo estelar, mas se encontra atado, de acordo com as teorias científicas atuais, à nebulosa da Via Láctea. Centro de um mundo, por menor que pareça em meio a regiões etéreas, ele é, na realidade, enorme, pois seu volume é 1.400.000 maior do que o da Terra. A seu redor gravitam oito planetas,[3] saídos das entranhas dele nos primeiros momentos da Criação. Tratam-se, do mais próximo ao mais distante, de Mercúrio, Vênus, Terra, Marte, Júpiter, Saturno, Urano e Netuno. Ademais, entre Marte e Júpiter circulam regularmente outros corpos menos consideráveis, talvez escombros errantes de um astro estilhaçado em milhões

---

3. Plutão (que desde então também já deixou de ser classificado como planeta) só foi descoberto em 1930. [N. T.]

de pedaços, 97 dos quais foram reconhecidos por telescópio até o momento.[4]

Dentre esses súditos que o Sol mantém em órbita elíptica pela lei da gravitação universal, alguns têm, por sua vez, satélites. Urano tem oito, Saturno, oito, Júpiter, quatro, Netuno, talvez três, e a Terra, um;[5] este último, um dos menos importantes do sistema solar, se chama Lua, e é ele que o caráter audacioso dos americanos pretendia conquistar.

O astro das noites, por sua proximidade relativa e pelo espetáculo sempre renovado de suas fases diversas, de início dividiu com o Sol a atenção dos habitantes da Terra; porém, o Sol cansa a vista, e o esplendor de sua luz obriga os admiradores a baixarem os olhos.

A loira Febe, que, ao contrário, é mais humana, se deixa ver, complacente, em graça modesta; é suave à vista, pouco ambiciosa, porém às vezes se permite eclipsar seu irmão, o radioso Apolo, sem nunca ser por ele eclipsada. Os muçulmanos, entendendo o reconhecimento que deviam a essa fiel amiga da Terra, organizaram os meses com base na revolução lunar.[6]

Os povos ancestrais dedicaram particular devoção a essa deusa casta. Os egípcios a chamavam de Ísis; os fenícios, de Astarte; os gregos a adoravam sob o nome de Febe, filha de Latona e Júpiter, e explicavam seus eclipses pelas visitas misteriosas de Diana ao belo Endimião. De acordo com a lenda mitológica, o leão de Nemeia percorreu os campos da Lua antes de aparecer na Terra, e o poeta Agesianax, citado por Plutarco, celebrou em

---

4. Alguns são asteroides tão diminutos que seria possível dar a volta completa neles em um dia de caminhada rápida.

5. Desde então, já se descobriram muitos outros satélites naturais. Urano tem 28 (cinco principais); Saturno, 146 (sete principais); Júpiter, 95 (e, realmente, quatro principais); Netuno, 16 (um principal); e Marte, dois. [N. T.]

6. Mais ou menos 29 dias e doze horas.

seus versos os doces olhos, o charmoso nariz e a boca agradável formados pelas partes luminosas da adorável Selene.

Entretanto, embora os antigos compreendessem bem o caráter e o temperamento, em suma, as qualidades morais da Lua, do ponto de vista mitológico, mesmo os mais sábios dentre eles eram muitíssimo ignorantes em selenografia.

Diversos astrônomos de épocas longínquas, contudo, descobriram certas particularidades hoje confirmadas pela ciência. Embora os arcádicos alegassem ter ocupado a Terra em uma época anterior à existência da Lua, Tácio a visse como fragmento destacado do disco solar e Clearco, discípulo de Aristóteles, a considerasse um espelho polido no qual eram refletidas as imagens do oceano — enquanto outros viram nela apenas um acúmulo de vapores exalados pela Terra, ou um globo, metade gelo e metade fogo, que girava em torno de si —, alguns sábios, na falta de instrumentos óticos e por meio de observações sagazes, desconfiaram da maioria das leis que regem o astro noturno.

Foi assim que Tales de Mileto, 460 a.C., emitiu a opinião de que a Lua era iluminada pelo Sol. Aristarco de Samos deu a explicação correta para suas fases. Cleômenes ensinou que ela brilhava com luz refletida. O caldeu Beroso descobriu que a duração de seu movimento de rotação era equivalente àquela do movimento de revolução, e assim explicou o fato de a Lua apresentar sempre a mesma face. Por fim, Hiparco, dois séculos antes de Cristo, reconheceu algumas desigualdades nos movimentos aparentes do satélite da Terra.

Tais observações diversas se confirmaram em seguida e deram proveito aos novos astrônomos. Ptolomeu, no século 2, e o árabe Abū al-Wafā', no século 10, completaram as observações de Hiparco sobre as desigualdades às quais a Lua é submetida, seguindo a linha ondulada de sua órbita sob ação do Sol. Então

Copérnico, no século 15, e Tycho Brahe, no 16, expuseram completamente o sistema do mundo e o papel da Lua no conjunto dos corpos celestes.[7]

Nessa época, seus movimentos foram aproximadamente determinados; da composição física, porém, se sabia pouco. Foi então que Galileu explicou os fenômenos de luz produzidos em certas fases pela existência de montanhas cujo tamanho médio estimou em 4.500 toesas.

Depois dele, Hevelius, um astrônomo de Danzig,[8] abaixou as maiores altitudes a 2.600 toesas, mas seu colega Riccioli as estimou em cerca de 7 mil.

Herschell, ao final do século 18, armado de um telescópio poderoso, diminuiu singularmente as medidas anteriores. Ele atribuiu 1.900 toesas às montanhas mais elevadas e baixou a média de alturas diferentes a apenas quatrocentas toesas. Porém, Herschell também estava equivocado, e foram necessárias as observações de Schröter, Louville, Halley, Nasmyth, Bianchini, Pastorf, Lohrmann, Gruithuisen e, especialmente, os estudos pacientes de Beer e Mädler, para resolver a questão em definitivo. Graças aos estudiosos, a elevação das montanhas da Lua é, hoje, conhecida sem sombra de dúvidas. Beer e Mädler mediram 1.905 colinas, dentre as quais seis estão acima de 2.600 toesas, e 22, acima de 2.400.[9] O cume mais alto domina a superfície do disco lunar, a 3.801 toesas do chão.

Ao mesmo tempo, o reconhecimento da Lua se tornava mais completo; o astro aparecia cravejado de crateras, e sua natureza essencialmente vulcânica era afirmada a cada observação. Devido à falha de refração nos raios dos planetas que ela oculta,

---

7. Cf. *Os fundadores da astronomia moderna*, belo livro de Joseph Bertrand, do Instituto Francês.

8. Nome antigo de Gdansk, na Polônia. [N. T.]

9. O Monte Branco fica 4.813 metros acima do nível do mar.

concluímos que deveria carecer de atmosfera. A ausência de ar trazia consigo a ausência de água. Tornava-se então evidente que os selenitas, para viver em tais condições, deveriam ter uma organização especial, com diferenças singulares para os habitantes da Terra.

Enfim, graças aos novos métodos, instrumentos mais aperfeiçoados vasculharam a Lua sem descanso, sem deixar um ponto sequer da face por explorar, embora seu diâmetro meça quase 2.150 milhas,[10] sua superfície tenha 1/13 da superfície do globo,[11] e seu volume, 1/49 do volume do esferoide terrestre. Ainda assim, nenhum de seus segredos escaparia do olho dos astrônomos, e esses estudiosos habilidosos foram ainda mais longe com suas observações prodigiosas.

Perceberam, assim, que, durante a lua cheia, o disco era riscado com linhas brancas em certas partes, e, durante as outras fases, riscado com linhas pretas. Ao estudar com maior precisão, conseguiram entender a natureza exata de tais linhas. Eram sulcos compridos e estreitos, cavados entre bordas paralelas, em geral chegando aos contornos das crateras; tinham o comprimento entre dez e cem milhas, e largura de oitocentas toesas. Os astrônomos as chamaram de ranhuras, mas só puderam batizá-las. Quanto a saber se tais ranhuras eram leitos secos de antigos rios, não conseguiram confirmar de maneira definitiva. Portanto, os americanos tinham a esperança de determinar, algum dia, esse fato geológico. Também se incumbiram de reconhecer a série de paredes paralelas descoberta na superfície da Lua por Gruithuisen, professor erudito de Munique, que as considerou um sistema de fortificação erguido pelos engenheiros selenitas. Estas duas questões, ainda obscuras,

---

10. São 869 léguas, ou pouco mais de um quarto do raio terrestre.
11. O equivalente a 38 milhões de quilômetros quadrados.

assim como muitas outras, sem dúvida, só poderiam ser definitivamente solucionadas após comunicação direta com a Lua.

Quanto à intensidade da luz, não havia mais nada a aprender; sabia-se que é 300 mil vezes mais fraca do que a luz do Sol e que seu calor não tem efeito significativo em termômetros. Já o fenômeno conhecido pelo nome de luz cinérea é explicado naturalmente pelo efeito dos raios do Sol devolvidos da Terra à Lua, que parecem completar o disco lunar quando este se apresenta na forma de crescente na primeira e na última fase.

Era tal o estado dos conhecimentos adquiridos sobre o satélite da Terra, que o Gun Club se propunha a completá-los sob todos os pontos de vista, fossem cosmográficos, geológicos, políticos ou morais.

6

O QUE NÃO SE PODE IGNORAR E NO QUE NÃO SE DEVE MAIS ACREDITAR NOS ESTADOS UNIDOS

A proposta de Barbicane teve o resultado imediato de trazer à tona todos os fatos astronômicos relativos ao astro noturno. Todo mundo começou a estudá-lo com assiduidade. Parecia até que a Lua surgira pela primeira vez no horizonte e que jamais fora vista naquele céu. Ela entrou na moda; foi a vedete do dia, sem por isso parecer menos modesta, e se alçou às "estrelas" sem demonstrar maior orgulho. Os jornais relembraram velhas anedotas envolvendo o "Sol dos lobos", recordaram as influências que lhe atribuíam a ignorância das eras antigas, louvaram-na em todo tom; um pouco mais e teriam citado suas melhores tiradas. A selenomania tomou a América toda.

Por sua vez, as revistas científicas trataram mais especificamente das questões relativas ao empreendimento do Gun Club; publicaram a carta do Observatório de Cambridge, que comentaram e aprovaram sem reservas.

Em suma, não era mais permitido nem entre o menos erudito dos ianques ignorar um fato sequer relativo ao satélite, nem entre a mais obtusa das velhas senhoras cometer equívocos supersticiosos a respeito dele. A ciência chegava a eles de todas as formas, penetrava pelos olhos e ouvidos; era impossível ser burro... em astronomia.

Até então, muitos ignoravam como se calculara a distância que separa a Lua e a Terra. Aproveitou-se a circunstância para ensinar que tal distância era obtida pela medida da paralaxe da Lua. Se a palavra paralaxe parecia chocar, explicava-se que era o ângulo formado por duas linhas retas traçadas das extremidades do raio terrestre até a Lua. Caso alguém duvidasse da perfeição do método, provava-se de imediato que, não apenas a distância média era mesmo de 234.347 milhas (94.330 léguas), mas também que a margem de erro dos astrônomos era de apenas setenta milhas (trinta léguas).

Àqueles que não estavam familiarizados com os movimentos da Lua, os jornais demonstravam com regularidade que ela efetua dois movimentos distintos: o primeiro de rotação no próprio eixo e o segundo de revolução ao redor da Terra, ambos em tempo igual — isto é, de 27 dias e um terço.[1]

O movimento de rotação é aquele que cria dia e noite na face da Lua; contudo, há apenas um dia e uma noite por mês lunar, cada um durante 354 horas e um terço. Porém, felizmente, a face voltada para o globo terrestre é por ele iluminada com intensidade equivalente à luz de catorze luas. Quanto à outra face, sempre invisível, ela tem, é claro, 354 horas de noite absoluta, atenuada apenas pela "pálida claridade que cai das estrelas", como diria Corneille. Este fenômeno se deve apenas à particularidade dos movimentos de rotação e revolução ocorrerem em um período rigorosamente idêntico, fenômeno comum, de acordo com Cassini e Herschell, aos satélites de Júpiter e, é provável, a todos os outros satélites.

---

1. Tempo que a Lua leva para voltar a uma mesma estrela, chamada de revolução sideral.

Algumas almas bem dispostas, mas um pouco teimosas, não conseguiam entender que, se a Lua mostra sempre a mesma face para a Terra durante a revolução, está, ao mesmo tempo, dando uma volta em si mesma. A estes, se dizia:

— Vá à sala de jantar e dê uma volta na mesa sempre olhando para o centro; quando terminar este passeio circular, terá dado uma volta em si mesmo, visto que seu olhar terá percorrido, em sequência, todos os pontos da sala. Pois bem! A sala é o céu, a mesa, a Terra, e você, a Lua!

E tais pessoas partiam, encantadas com a comparação.

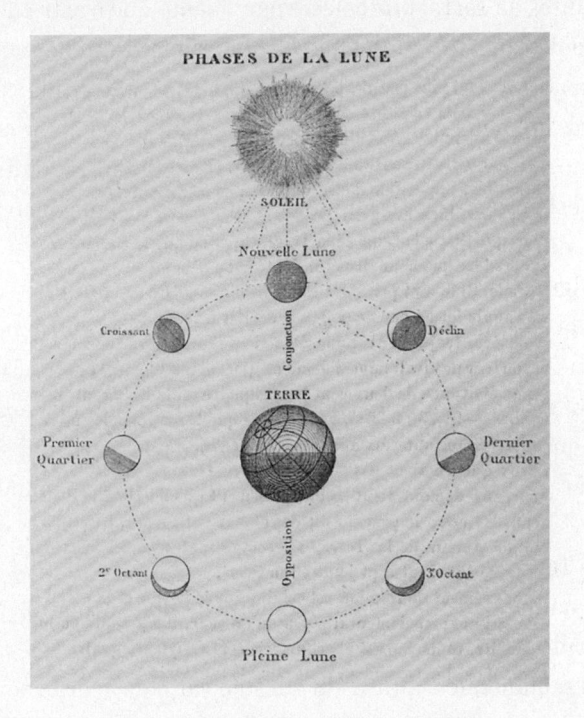

Os movimentos de translação da Lua.

É assim, portanto, que a Lua mostra sem trégua a mesma face à Terra. Contudo, para fins de precisão, devemos acrescentar que, devido a certa oscilação do norte ao sul e do oeste ao leste chamado de "libração", ela expõe um pouco mais da metade do disco, chegando a cerca de 57%.

Quando os ignorantes já sabiam tanto quanto o diretor do Observatório de Cambridge sobre o movimento de rotação da Lua, passaram a se preocupar com o movimento de revolução ao redor da Terra, e vinte revistas científicas se apressaram em instruí-los. Eles aprenderam, então, que o firmamento, com sua infinidade de estrelas, pode ser considerado um vasto quadrante pelo qual a Lua passeia, indicando a hora certa a todos os habitantes da Terra; que é neste movimento que o astro noturno apresenta suas diferentes fases; que a Lua está cheia quando oposta ao Sol, isto é, quando os três astros estão enfileirados, e a Terra, no meio; que a Lua está nova quando em conjunção ao Sol, isto é, quando se encontra entre ele e a Terra; e, enfim, que a Lua está crescente ou minguante quando forma, com o Sol e a Terra, um ângulo reto, no qual ocupa a ponta.

Alguns ianques perspicazes deduziram então a consequência de que eclipses só poderiam ocorrer em épocas de conjunção ou oposição, e o raciocínio estava correto. Em conjunção, a Lua pode eclipsar o Sol, enquanto, em oposição, é a Terra que, por sua vez, o eclipsa. O motivo para tais eclipses não ocorrerem duas vezes por lunação é que o plano pelo qual a Lua se move é inclinado em relação à eclíptica, ou seja, o plano pelo qual a Terra se move.

Quanto à altura que o astro noturno pode atingir acima do horizonte, a carta do Observatório de Cambridge já dissera tudo. Todos sabiam que a altura em questão varia de acordo com a latitude do ponto de observação. Porém, as únicas zonas do globo para as quais a Lua passa pelo zênite, ou seja, se posiciona logo acima da cabeça dos contempladores, estão necessariamente contidas entre os paralelos 28 e o Equador. Daí a recomendação importante de iniciar o experimento em algum ponto de tal parte do planeta, a fim de que o projétil seja lançado de modo perpendicular e escape, assim, mais rápido da ação da gravidade. Esta era condição essencial do sucesso da empreitada e não cessava de preocupar acaloradamente a opinião pública.

Barbicane pede a palavra.

Quanto à linha seguida pela Lua em sua revolução ao redor da Terra, o Observatório de Cambridge ensinara com esmero, mesmo aos ignorantes de todos os países, que se trata de uma curva convexa — não de um círculo, e, sim, de uma elipse, na qual a Terra ocupa um dos focos. Estas órbitas elípticas são comuns a todos os planetas, assim como a todos os satélites, e a mecânica racional prova rigorosamente que não há outra possibilidade. Era evidente que a Lua, no apogeu, se encontrava mais afastada da Terra, e, no perigeu, mais próxima.

Eis então o que todos os americanos sabiam, querendo ou não, e o que ninguém em sã consciência poderia ignorar. Porém, embora os princípios verdadeiros logo se vulgarizassem, muitos equívocos, e algumas crenças iludidas, foram mais difíceis de dizimar.

Assim, alguns ousados, por exemplo, defendiam que a Lua era um antigo cometa que, ao percorrer sua órbita oblonga ao redor do Sol, passara perto da Terra e acabara detido por seu campo de atração. Estes astrônomos de bar explicavam, assim, o aspecto queimado da Lua, tragédia irreparável que atribuíam ao astro radiante. Entretanto, quando se argumentava que os cometas têm atmosfera, enquanto a da Lua é rarefeita, quiçá inexistente, eles não se prestavam a responder.

Outros, pertencendo à espécie dos covardes, manifestavam certos temores quanto à posição da Lua; eles tinham ouvido falar que, desde as observações feitas na época dos califados, seu movimento de revolução se acelerava em determinada proporção; disto, deduziam, com bastante lógica, que uma aceleração de movimento deveria corresponder a uma diminuição de distância entre dois astros, e que, prolongando tal efeito ao infinito, a Lua acabaria, certo dia, caindo na Terra. Contudo, tiveram que se acalmar e parar de temer pelas gerações futuras quando aprenderam que, de acordo com Laplace, um ilustre matemático francês, a aceleração de movimento é contida por limites muito restritos, e que uma diminuição proporcional se seguirá. Portanto, o equilíbrio do sistema solar não seria perturbado nos séculos seguintes.

Restava, por último, a classe supersticiosa dos ignorantes; estes, não contentes em ignorar, sabem das coisas erradas, e, a respeito da Lua, sabiam de muito. Alguns viam seu disco como um espelho lustroso no qual se via diversos pontos da Terra e se comunicava seus pensamentos. Outros alegavam que, a cada mil luas novas observadas, 950 traziam mudanças notáveis, como cataclismas, revoluções, tremores de terra, dilúvios etc.; assim, acreditavam na influência misteriosa do astro noturno sobre os destinos humanos; enxergavam o astro como "verdadeiro contrapeso" da existência; acreditavam que todo selenita era ligado a um habitante da Terra por elo simpático; como o dr. Mead, defendiam que o sistema vital era todo submetido à Lua e argumentavam, inabaláveis, que os meninos nascem principalmente na lua nova e as meninas, na lua minguante etc., etc. Enfim, foi preciso renunciar a esses erros vulgares e voltar à verdade única, e embora a Lua, desnudada de sua influência, perdesse todo o poder aos olhos de certos fidalgos, embora alguns lhe dessem as costas, a maioria esmagadora se pronunciou a seu favor. Quanto aos ianques, eles não tinham mais ambição alguma além de tomar posse desse novo continente aéreo e de fincar em seu cume mais alto a bandeira estrelada dos Estados Unidos da América.

7

O HINO DO PELOURO

O Observatório de Cambridge, em sua carta memorável do dia 7 de outubro, tratara da questão do ponto de vista astronômico; o que faltava, portanto, era resolvê-la mecanicamente. As dificuldades práticas teriam parecido intransponíveis em qualquer país além dos Estados Unidos. Aqui, foram mera brincadeira.

O presidente Barbicane, sem perder tempo, nomeou um comitê executivo no cerne do Gun Club. O comitê deveria, em três sessões, elucidar as três maiores questões do canhão, do projétil e da pólvora, e era composto por quatro membros especialistas em tais áreas: Barbicane, com poder preponderante no caso de empate, o general Morgan, o major Elphiston e, por fim, o inevitável J. T. Maston, ao qual foi confiada a função de secretário-relator.

No dia 8 de outubro, o comitê se reuniu na casa do presidente Barbicane, na rua Republican, número 3. Como era importante que o estômago não interrompesse aos roncos uma discussão de tamanha seriedade, os quatro membros do Gun Club se sentaram ao redor de uma mesa coberta de sanduíches e bules consideráveis. Assim que J. T. Maston encaixou a pena no gancho de ferro, abriu-se a sessão.

Barbicane tomou a palavra:

— Meus caros colegas, devemos resolver um dos problemas mais importantes da balística, esta ciência por excelência que trata do movimento dos projéteis, isto é, corpos lançados ao espaço por uma força de impulso determinada e, em seguida, abandonados a si.

— Ah! Viva a balística! A balística! — exclamou J. T. Maston, com a voz emocionada.

— Talvez pareça mais lógico — continuou Barbicane — dedicar esta primeira sessão à discussão do aparelho...

— Exatamente — respondeu o general Morgan.

— Contudo, após reflexão aprofundada, parece-me que a questão do projétil deve ter primazia sobre a do canhão, pois as dimensões deste último devem depender das do primeiro — retomou Barbicane.

— Peço a palavra! — exclamou J. T. Maston.

A palavra lhe foi concedida com a premência que merecia seu passado magnífico.

— Meus bravos amigos, nosso presidente tem razão de dar ao projétil prioridade acima de todas as outras questões! — anunciou ele, com ênfase inspirada. — Este pelouro, a bala que lançaremos à Lua, é nosso mensageiro, nosso embaixador, e peço aos senhores a permissão de considerá-lo de um ponto de vista puramente moral.

Este novo modo de conceber um projétil atiçou em especial a curiosidade dos membros do comitê, que deram às palavras de J. T. Maston a mais viva atenção.

— Meus caros colegas — continuou —, serei breve; deixarei de lado o pelouro físico, o pelouro que mata, para tratar apenas do pelouro matemático, do pelouro moral. O pelouro é, a meu ver, a manifestação mais estrondosa da potência humana; é nele que esta se resume por inteiro; é ao elaborá-lo que o homem mais se assemelhou a nosso Criador!

— Muito bem! — exaltou o major Elphiston.

— Na realidade, como Deus fez as estrelas e os planetas, o homem fez o pelouro, este parâmetro das velocidades terrestres, esta redução dos astros errantes no espaço, que são, a bem dizer, meros projéteis! — bradou o orador. — A Deus a velocidade da eletricidade, da luz, das estrelas, dos cometas, dos planetas, dos satélites, do som, do vento! Mas a nós a velocidade da bala de canhão, cem vezes maior que a velocidade dos trens e dos cavalos mais rápidos!

J. T. Maston estava exaltado; sua voz tomava ares líricos ao entoar este hino sagrado ao pelouro.

— É valores que desejam? — retomou. — Pois eles são eloquentes! Considerem, simplesmente, o modesto pelouro de 24 libras. Embora corra 800 mil vezes mais devagar do que a eletricidade, 640 mil vezes mais devagar do que a luz e 76 vezes mais devagar do que o movimento de translação da Terra ao redor do Sol, ao sair do canhão, ele ainda ultrapassa a velocidade do som,[1] percorrendo duzentas toesas por segundo, 2 mil toesas em dez segundos, 14 mil toesas por minuto (6 léguas), 847 milhas por hora (360 léguas), 20.100 milhas por dia (8.640 léguas), isto é, a velocidade dos pontos do Equador no movimento de rotação do globo, 7.336.500 milhas por ano (3.155.760 léguas). Levaria, portanto, onze dias para chegar à Lua, doze anos para alcançar o Sol, 360 anos para atingir Netuno, no limite do sistema solar. Eis o que faria este modesto projétil, obra de nossas mãos! O que seria, então, quando, multiplicando por vinte esta velocidade, o lançássemos a 12 mil jardas por segundo! Ah! Bala extraordinária! Projétil esplêndido! Gosto de crer que seria recebido lá no alto com as honrarias devidas a um embaixador terrestre!

Vivas acolheram a ladainha convoluta, e J. T. Maston, comovido, sentou-se em meio aos parabéns dos colegas.

— E agora que dedicamos espaço à poesia, ataquemos a questão de frente — disse Barbicane.

---

1. Por isso, quando alguém escuta a detonação do canhão, não pode mais ser atingido pelo pelouro.

— Estamos prontos — responderam os membros do comitê, cada um devorando meia dúzia de sanduíches.

— Já sabem qual é o problema a solucionar — retomou o presidente. — Trata-se de impulsionar um projétil na velocidade de 12 mil jardas por segundo. Tendo a acreditar que conseguiremos. Mas, por enquanto, examinemos as velocidades obtidas até hoje; o general Morgan pode nos elucidar este aspecto.

— Sem a menor dificuldade, pois, durante a guerra, participei da comissão de experiência. Direi, então, que os canhões de cem de Dahlgreen, que alcançavam 2.500 toesas de distância, conferiam ao projétil uma velocidade inicial de quinhentas jardas por segundo — respondeu o general.

— Certo. E o canhão columbíade[2] Rodman? — perguntou o presidente.

— O columbíade Rodman, experimentado no forte Hamilton, próximo de Nova York, lançava um projétil de meia tonelada à distância de seis milhas, com a velocidade de oitocentas jardas por segundo, resultado nunca obtido por Armstrong e Palliser na Inglaterra.

— Ah, os ingleses! — comentou J. T. Maston, apontando para o horizonte a leste com seu temível gancho.

— Sendo assim — retomou Barbicane —, estas oitocentas jardas seriam a velocidade máxima atingida até então?

— Isso mesmo — respondeu Morgan.

— Entretanto, devo dizer que, se meu morteiro não tivesse explodido... — retrucou J. T. Maston.

— É, mas explodiu — respondeu Barbicane, com um gesto gentil. — Utilizemos, então, como ponto de partida esta velocidade de oitocentas jardas. É preciso aumentá-la em vinte vezes. Portanto, reservando para uma reunião futura a discussão dos métodos destinados a produzir tal velocidade, chamo a atenção

---

2. Os americanos chamavam essa enorme arma de destruição de *Columbiad*.

de meus caros colegas para as dimensões que devemos atribuir ao pelouro. Convenhamos que não se trata mais de projéteis de no máximo meia tonelada!

— Por que não? — perguntou o major.

— Porque nosso pelouro deve ter tamanho suficiente para chamar a atenção dos habitantes da Lua, se é que eles existem — respondeu J. T. Maston, acalorado.

— Isso mesmo, e por outro motivo ainda mais importante — continuou Barbicane.

— Como assim, Barbicane? — perguntou o major.

— Não basta enviar um projétil e deixá-lo para lá; é preciso acompanhá-lo durante o trajeto, até o momento em que atinja o alvo.

— Como é? — indagaram o general e o major, um pouco surpresos com a proposta.

— Não há dúvida, é claro, senão, nosso experimento não dará resultado algum — insistiu Barbicane, confiante.

— Mas, então, o senhor pretende dar ao projétil dimensões enormes? — retrucou o major.

— Não. Me escutem com atenção. Os senhores sabem que os instrumentos óticos adquiriram grande precisão; com certos telescópios, já obtivemos ampliações de 6 mil vezes, e observamos a Lua a aproximadamente quarenta milhas (dezesseis léguas). Ora, a tal distância, objetos com sessenta pés de lado são perfeitamente visíveis. Não insistimos no aumento da potência de penetração dos telescópios apenas porque a potência é inversamente proporcional à claridade, e a Lua, que é apenas um espelho refletor, não emite luz intensa o suficiente para que a ampliação ultrapasse tal limite.

— E daí? O que faremos? Pretende dar ao projétil um diâmetro de sessenta pés? — questionou o general.

— Não!

— Então se dedicará a tornar a Lua mais luminosa?

— Exato.

— Que ideia! — exclamou J. T. Maston.

— Isso mesmo, ótima ideia — respondeu Barbicane. — Afinal, se eu conseguir diminuir a espessura da atmosfera que a luminosidade da Lua atravessa, não terei tornado a luz mais intensa?

— É evidente.

— Ora! Então, para obter tal resultado, bastará instalar um telescópio em alguma montanha elevada. É o que faremos.

O columbíade Rodman.

— Eu me rendo, eu me rendo. O senhor leva jeito para simplificar as coisas... E que ampliação espera obter assim?

— Uma ampliação de 48 mil vezes, que aproximará a Lua a apenas cinco milhas. Assim, para serem visíveis, os objetos precisarão de meros nove pés de diâmetro.

— Perfeito! — exclamou J. T. Maston. — Então nosso projétil terá três metros de diâmetro?

— Precisamente.

— Permita-me dizer, porém — retomou o major Elphiston —, que o peso ainda será tamanho que...

— Ah, major! Antes de discutir o peso, permita-me dizer que nossos antepassados faziam maravilhas nesta área. Eu não alegaria de modo algum que a balística não progrediu, mas é bom saber que desde a Idade Média se obtinha resultados surpreendentes, mais do que os nossos, eu ousaria acrescentar — respondeu Barbicane.

— Por exemplo? — retrucou Morgan.

— Justifique o que diz! — exclamou J. T. Maston com vigor.

— Nada mais simples. Tenho exemplos para sustentar minha posição. No sítio de Constantinopla por Maomé II, por exemplo, em 1543, lançaram projéteis de pedra que pesavam 1.900 libras e que deveriam ter um belo tamanho — respondeu Barbicane.

— Ah! Ah! Mas 1.900 libras é um número e tanto! — exclamou o major.

— Em Malta, na época dos cavaleiros, certo canhão do forte de Santo Elmo lançou projéteis que pesavam 2.500 libras.

— Impossível!

— Por fim, de acordo com um historiador francês, sob o comando de Luís XI, um morteiro lançava uma bomba de apenas quinhentas libras. Porém, esta bomba, partindo da Bastilha, onde os loucos trancavam os sábios, foi cair em Charenton, onde os sábios trancam os loucos.

O canhão da ilha de Malta.

— Muito bem! — disse J. T. Maston.

— Desde então, o que vemos, em suma? Os canhões Armstrong lançam pelouros de quinhentas libras, e os columbíades de Rodman, de meia tonelada! Parece-me então que, enquanto os projéteis aumentaram em distância, perderam em peso. Ora, se voltarmos nossos esforços para esta questão, devemos conseguir, contando com o progresso da ciência, multiplicar o peso dos pelouros de Maomé II e dos cavaleiros de Malta.

— É evidente, mas que metal pretende utilizar para o projétil? — perguntou o major.

— Ferro fundido, simplesmente — disse o general Morgan.

— Nossa! Ferro fundido! É banal demais para um pelouro destinado à Lua — exclamou J. T. Maston, com profundo desdém.

— Não exageremos, meu honrado amigo. Ferro fundido há de bastar — respondeu Morgan.

— Certo! — retomou o major Elphiston — Então, considerando que a aceleração da gravidade de qualquer pelouro é proporcional ao volume, um projétil de ferro fundido que meça nove pés de diâmetro ainda terá um peso espantoso!

— Se for maciço, sim; mas não se for oco — disse Barbicane.

— Oco! Então se tratará de um obus?

— Que poderemos preencher de malotes e amostras de nossos produtos terrestres! — retrucou J. T. Maston.

— Isso mesmo, será um obus — respondeu Barbicane. — É muitíssimo necessário. Um pelouro maciço de 180 polegadas pesaria mais de 200 mil libras, um peso excessivo. Entretanto, como é preciso conferir certa estabilidade ao projétil, proponho fabricá-lo com o peso de 5 mil libras.

— Qual será, então, a espessura de sua cápsula? — perguntou o major.

— Seguindo a proporção regulamentar, um diâmetro de 108 polegadas exigiria uma espessura de, no mínimo, dois pés — retrucou Morgan.

— Seria excessivo — respondeu Barbicane. — Vejam bem: não se trata de uma bala destinada a perfurar blindagem, então basta que a espessura seja suficiente para resistir à pressão dos gases da pólvora. O problema, então, é o seguinte: que espessura deve ter um obus de ferro fundido para pesar apenas 20 mil libras? Nosso habilidoso calculador, o caro Maston, nos ensinará a ciência relevante.

— Não há nada mais simples — respondeu o honrado secretário do comitê.

Ao dizer isso, ele escreveu algumas fórmulas algébricas no papel; viram surgir sob sua pena sinais de π e χ elevados ao quadrado. Ele pareceu até mesmo extrair, sem tocar nada, certa raiz cúbica, e enfim disse:

— A espessura será de apenas duas polegadas.

— E basta? — perguntou o major, em dúvida.

— Não, não, evidentemente — respondeu o presidente Barbicane.

— Ora! E então, o que faremos? — questionou Elphiston, com ar bastante perplexo.

— Utilizaremos outro metal no lugar do ferro fundido.

— Cobre? — sugeriu Morgan.

— Não, é pesado demais, e tenho uma proposta melhor.

— Qual seria? — disse o major.

— Alumínio — respondeu Barbicane.

— Alumínio! — exclamaram os três colegas do presidente.

— Sem dúvida, caros amigos. Sabemos todos que um ilustre químico francês, Henry Sainte-Claire-Deville, conseguiu, em 1854, obter alumínio em massa compacta. Ora, este metal precioso tem a brancura da prata, a inalterabilidade do ouro, a tenacidade do ferro, a fusibilidade do cobre e a leveza do vidro; é fácil de manipular e muitíssimo comum na natureza, pois o alumínio compõe a base da maioria das rochas, é três vezes mais leve do que o ferro e parece ter sido criado de propósito para nos servir de material para este projétil!

— Viva o alumínio! — exclamou o secretário do comitê, sempre muito espalhafatoso em momentos de entusiasmo.

— Mas, caro presidente, o custo do alumínio não é altíssimo? — perguntou o major.

— Era, sim — respondeu Barbicane. — Na época de sua descoberta, a libra do alumínio custava de duzentos a 280 dólares; em seguida, caiu para 27 dólares. Hoje, por fim, vale nove dólares.

— Mas nove dólares por libra ainda é caríssimo! — retrucou o major, que era duro na queda.

— Sem dúvida, meu caro major, mas não chega a ser proibitivo.

— E, qual seria o peso do projétil? — perguntou Morgan.

— Eis o resultado dos meus cálculos: um obus de 108 polegadas de diâmetro e doze de espessura[3] pesaria, se composto de ferro fundido, 67.440 libras. Em alumínio fundido, seu peso seria reduzido a 19.250 libras — respondeu Barbicane.

— Perfeito! — exclamou Maston. — Agora, sim, se encaixa com nosso programa.

— Perfeito! Perfeito! — replicou o major. — Mas não percebe que, a nove dólares a libra, este projétil custará...

— Exatos 173.250 dólares, sei perfeitamente. Mas não temam, meus amigos, o dinheiro não será obstáculo para nossa empreitada, tranquilizo logo.

— Choverá em nosso cofre — retrucou J. T. Maston.

— Então! Que tal o alumínio? — perguntou o presidente.

— Aprovado — responderam os três membros do comitê.

— Quanto ao formato do projétil — continuou Barbicane —, é de pouca importância, pois, após ultrapassar a atmosfera, ele se encontrará no vazio. Proponho, portanto, uma bala redonda, que girará em torno de si, se assim desejar, e se comportará como preferir.

Assim se concluiu a primeira sessão do comitê. A questão do projétil estava decidida, e J. T. se divertiu muito ao pensar em enviar um projétil de alumínio aos selenitas, "que lhes dará uma noção impressionante dos habitantes da Terra!".

---

3. Trinta centímetros. A polegada americana mede 25 milímetros.

8

HISTÓRIA DO CANHÃO

As decisões tomadas na sessão surtiram grande efeito lá fora. Algumas pessoas temerosas se assustaram diante da ideia de uma bala de 20 mil libras lançada pelo espaço. Perguntava-se que canhão seria capaz de transmitir uma velocidade inicial suficiente para tamanha massa. A ata da segunda sessão do comitê teria de responder vitoriosamente a tais dúvidas.

Na noite seguinte, os quatro membros do Gun Club sentaram-se ao redor de novas montanhas de sanduíche e de um verdadeiro oceano de chá. A discussão logo foi retomada, desta vez, sem preâmbulos.

— Meus caros colegas — começou Barbicane —, vamos tratar do aparelho a ser construído, de seu comprimento, forma, composição e peso. É provável que cheguemos a dar-lhe dimensões gigantescas; porém, por maiores que sejam as dificuldades, nosso espírito industrial prevalecerá sem dificuldades. Escutem-me, então, mas não me poupem de objeções. Eu não as temo!

Um resmungo aprovador acolheu a declaração.

— Não esqueçamos — prosseguiu Barbicane — aonde nossa discussão de ontem nos levou. O problema agora se apresenta da seguinte forma: imprimir uma velocidade inicial de 12 mil jardas por segundo a um obus de 108 polegadas de diâmetro e 20 mil libras de peso.

— É mesmo este o problema — respondeu o major Elphiston.

— Continuo, então — retomou Barbicane. — Quando um projétil é lançado no espaço, o que ocorre? Ele é solicitado por três forças independentes: a resistência, a atração gravitacional da Terra e o impulso que o movimentou. Examinemos as três forças. A resistência, neste caso, do ar, terá pouca importância. Na realidade, a atmosfera terrestre tem meras quarenta milhas (mais ou menos dezesseis léguas). Ora, com a velocidade de 12 mil jardas, o projétil a atravessará em cinco segundos, tempo curto o suficiente para que possamos desconsiderar a resistência. Passemos então à atração gravitacional da Terra, ou seja, a aceleração da gravidade do obus. Sabemos que tal aceleração diminuirá em proporção inversa ao quadrado das distâncias; na realidade, eis o que ensina a física: quando um corpo, abandonado do repouso, cai na superfície da Terra, sua queda é de quinze pés[1] no primeiro segundo, e se este mesmo corpo for transportado a 257.142 milhas, isto é, a distância da Lua, sua queda seria reduzida a aproximadamente meia linha no primeiro segundo. É quase imobilidade. Trata-se, então, de dominar, progressivamente, essa ação da aceleração gravitacional. Como faremos isso? Pela força do impulso.

— Eis a dificuldade — respondeu o major.

— Sim, eis a dificuldade, mas sairemos triunfantes, pois o impulso que nos é necessário resultará do comprimento do canhão e da quantidade de pólvora utilizada, por sua vez limitada apenas pela resistência da máquina — retomou o presidente. — Tratemos hoje, então, das dimensões que daremos ao canhão. Fica subentendido que podemos construi-lo em condições de resistência infinita, por assim dizer, pois não será destinado à manobra.

— Tudo isso é evidente — respondeu o general.

---

1. A saber: 4,90 metros no primeiro segundo. Na distância em que a Lua está, a queda não passaria de 1,3 milímetros, ou 590 milésimos de linhas.

— Até agora, os canhões mais compridos, nossos enormes columbíades, não ultrapassaram 25 pés de comprimento — disse Barbicane. — Portanto, vamos chocar muita gente com as dimensões que seremos obrigados a adotar.

— Ah, sem dúvida! — exclamou J. T. Maston. — De acordo com meus cálculos, solicito um canhão de, no mínimo meia milha de comprimento!

— Meia milha! — ecoaram o major e o general.

— Isso mesmo! E ainda assim será curto demais.

— Sinceramente, Maston, que exagero — respondeu Morgan.

— De modo algum! E não sei por que me tachar de exagerado — retrucou o secretário alvoroçado.

— Porque está passando dos limites!

— Pois saiba, meu senhor, que artilheiros, assim como pelouros, não têm limites! — respondeu J. T. Maston, em tom empolado.

A discussão estava assumindo ares pessoais, mas o presidente interveio.

— Calma, amigos, sejamos racionais. Decerto é necessário um canhão de grande envergadura, visto que o comprimento da peça amplificará a descarga dos gases acumulados sob o projétil, mas é inútil ultrapassar certos extremos.

— Exato — disse o major.

— Quais são as regras utilizadas em casos semelhantes? Em geral, o comprimento de um canhão é de vinte a 25 vezes do diâmetro do projétil, e seu peso é de 235 a 240 vezes maior do que este último.

— Não é suficiente — declarou J. T. Maston, impetuoso.

— Concordo, meu digno amigo, e, de fato, ao seguir esta proporção, considerando um projétil de nove pés de comprimento e 20 mil libras, o canhão teria apenas 225 pés e um peso de 7.200.000 libras.

— Ridículo. Daria na mesma que utilizar uma pistola! — retrucou J. T. Maston.

— Estou de acordo, e por isso proponho quadruplicar o comprimento e construir um canhão de novecentos pés — respondeu Barbicane.

O general e o major fizeram objeções, mas a proposta, defendida com vigor pelo secretário do Gun Club, acabou por ser adotada.

— Agora — disse Elphiston —, que espessura daremos a ele?

— Seis pés — respondeu Barbicane.

— Sem dúvida não está considerando apoiar uma massa semelhante em um reparo, certo? — questionou o major.

— Porém, seria um espetáculo! — disse J. T. Maston.

— Mas impraticável — respondeu Barbicane. — Não, eu pretendo apoiar o aparelho no chão, sustentá-lo com círculos de ferro fundido, e, por fim, cercá-lo de um muro maciço de alvenaria, composto de pedra e cal, de modo que participe de toda a resistência do terreno ao redor. Após a fundição da peça, o cano será cuidadosamente desbastado e calibrado, de modo a impedir a folga entre a alma e o projétil. Assim, não haverá nenhum desperdício de gás, e toda a força expansiva da pólvora será utilizada para o impulso.

— Viva! Viva! — comemorou J. T. Maston. — Temos aqui nosso canhão.

— Ainda não! — respondeu Barbicane, gesticulando para acalmar o amigo impaciente.

— Por que não?

— Porque ainda não discutimos a forma. Será um canhão, um obuseiro ou um morteiro?

— Canhão — respondeu Morgan.

— Obuseiro — retrucou o major.

— Morteiro! — exclamou J. T. Maston.

Uma nova discussão bastante vigorosa começaria ali, cada um defendendo sua arma de preferência, se o presidente não a tivesse interrompido de imediato.

— Meus amigos, vou fazê-los concordar: nosso columbíade terá, ao mesmo tempo, um pouco de todas as três armas. Será um canhão, pois a câmara de recarga terá o mesmo diâmetro do cano. Será um obuseiro, pois disparará um obus. E, por fim, será um morteiro, pois estará posicionado em um ângulo de noventa graus e, sem possibilidade de recuo, inflexivelmente fixado no chão, transmitirá ao projétil toda a potência de impulso acumulada nos flancos.

Canhão ideal de J. T. Maston.

— Aprovado, aprovado — responderam os membros do comitê.

— Uma simples reflexão: este canhobusomorteiro será raiado? — perguntou Elphiston.

— Não, não — respondeu Barbicane. — Precisamos de uma velocidade inicial enorme e sabemos bem que a bala sai com menos rapidez dos canhões raiados do que dos canos de alma lisa.

— Está certo.

— Enfim, desta vez, está certo! — insistiu J. T. Maston.

— Ainda não chegamos lá — retrucou o presidente.

— Por que não?

— Porque ainda não sabemos de que metal será fabricado.

— Vamos decidir a questão sem delongas.

— Era o que eu estava para propor.

Cada um dos quatro membros do comitê engoliu uma dúzia de sanduíches seguida de um bule de chá, e então retomaram a discussão.

— Meus bravos colegas — falou Barbicane —, nosso canhão deve ter grande tenacidade e dureza, ser infusível no calor, indissolúvel e inoxidável sob ação corrosiva dos ácidos.

— Não há dúvida. E, como será necessário utilizar uma quantidade considerável de metal, não teremos lá muitas opções amplas — respondeu o major.

— Bem, então, para a fabricação do columbíade, proponho a melhor liga conhecida até hoje, isto é: cem partes de cobre, doze de estanho e seis de latão — disse Morgan.

— Meus amigos, admito que tal composição forneceu resultados excelentes — respondeu o presidente. — Porém, em espécie, custaria muito caro e seria de manipulação muito difícil. Penso, então, que devemos adotar um material excelente, mas de baixo custo, como o ferro fundido. Não concorda, major?

— Plenamente — respondeu Elphiston.

— Na realidade, o ferro fundido custa dez vezes menos que o bronze, é fácil de manipular, se molda com facilidade na forma de areia e é de rápida manipulação — continuou Barbicane.

— É, portanto, econômico tanto em dinheiro, quanto em tempo. Ademais, é um material excelente, e lembro que, durante a guerra, no sítio a Atlanta, peças de ferro dispararam mil tiros cada uma, de vinte em vinte minutos, sem sofrer desgaste.

— Por outro lado, o ferro fundido é muito quebradiço — respondeu Morgan.

— Verdade, mas também é muito resistente. Além do mais, não vamos explodir, garanto.

— É possível explodir com honestidade — retrucou, em voz baixa, J. T. Maston.

— De fato — respondeu Barbicane. — Vou, então, rogar que nosso digno secretário calcule o peso de um canhão de ferro fundido, de novecentos pés, diâmetro interno de nove pés e espessura de seis pés.

— Um instante — respondeu J. T. Maston.

Daí, como fizera na véspera, ele alinhou as fórmulas com maravilhosa facilidade e, após um minuto, declarou:

— Este canhão pesará 68.040 toneladas.

— E, considerando o preço, custará...?

— 2.510.701 dólares.

J. T. Maston, o major e o general olharam para Barbicane, inquietos.

— Está bem! Senhores, repetirei o que disse ontem: fiquem tranquilos, pois não nos faltarão milhões — lembrou o presidente.

Após essa garantia, o comitê se despediu, tendo marcado para a noite seguinte sua terceira sessão.

9

A QUESTÃO DA PÓLVORA

Restava a resolver a questão da pólvora. O público aguardava com ampla ansiedade esta última decisão. Com o tamanho do projétil e do canhão determinados, qual seria a quantidade de pólvora necessária para gerar o impulso? Este agente terrível, cujos efeitos o homem dominou, seria solicitado em proporções nunca antes vistas.

É de conhecimento geral e se repete por aí que a pólvora foi inventada no século 14 pelo monge Schwartz, que pagou pela grande descoberta com a própria vida. Porém, hoje está praticamente provado que esta história deve ser classificada entre as lendas da Idade Média. A pólvora não foi inventada por ninguém; ela deriva diretamente do fogo-greguês, composto também de enxofre e salitre. Desde aquela época, o composto, que era apenas para fusão, foi transformado em mistura explosiva.[1]

Porém, embora os eruditos conheçam muito bem a história falsa da pólvora, são poucos os que se dão conta de sua potência mecânica. É isso, contudo, que se deve saber para entender a importância da questão submetida ao comitê.

Assim, um litro de pólvora pesa por volta de duas libras[2] (novecentas gramas); em combustão, produz quatrocentos litros de

---

1. Na verdade, a primeira referência à pólvora data do século 9, na China. [N. T.]

2. A libra americana equivale a 453 gramas.

gás; este gás, quando liberado e sob ação de uma temperatura atingindo 2.400 graus ocupa o espaço de 4 mil litros. Portanto, a proporção de pólvora para os gases produzidos por sua deflagração é de um para 4 mil. Consideremos, então, a apavorante pressão desses gases quando comprimidos em um espaço 4 mil vezes mais apertado do que deveria.

O monge Schwartz, inventor da pólvora.

Era isso que sabiam os membros do comitê no início da sessão do dia seguinte. Barbicane deu a palavra ao major Elphiston, que fora diretor de pólvora durante a guerra.

— Meus caros camaradas — disse o ilustre químico —, começarei pelos números inegáveis que nos servirão de base. A bala de 24 libras, da qual o honrado J. T. Maston nos falou anteontem em termos tão poéticos, é expelida do canhão por apenas dezesseis libras de pólvora.

— Tem certeza do cálculo? — questionou Barbicane.

— Absoluta — respondeu o major. — O canhão Armstrong emprega apenas 75 libras de pólvora para um projétil de oitocentas libras, enquanto o columbíade Rodman gasta apenas 170 libras de pólvora para disparar seu pelouro de meia tonelada a seis milhas. Estes fatos não são discutíveis, pois eu mesmo os verifiquei nas atas do comitê de artilharia.

— Perfeito — respondeu o general.

— Então! — retomou o major. — Eis a consequência a concluir destes valores: a quantidade de pólvora não aumenta com o peso da bala. Na realidade, embora dezesseis libras de pólvora sejam necessários para um projétil de 24, isto é, embora, nos canhões ordinários, se empregue uma quantidade de pólvora que pese dois terços do projétil, a proporção não é constante. Calculem e verão que, para o pelouro de meia tonelada, em vez de 333 libras de pólvora, a quantidade foi reduzida a apenas 170.

— Aonde quer chegar? — perguntou o presidente.

— Se levar esta teoria ao extremo, meu caro major — disse J. T. Maston —, chegará à conclusão de que, no caso de uma bala suficientemente pesada, a pólvora não será mais necessária.

— Meu amigo Maston é jocoso até nos assuntos mais sérios — retrucou o major —, mas não precisa se preocupar; logo proporei quantidades de pólvora que satisfarão seu amor-próprio de artilheiro. Quero apenas constatar que, durante a guerra, e entre os maiores canhões, o peso da pólvora foi reduzido, após experiência, a um décimo do peso do projétil.

— Nada mais correto — disse Morgan. — Porém, antes de decidir a quantidade de pólvora necessária para o impulso, creio que caia bem nos entendermos quanto à sua natureza.

— Empregaremos a pólvora de granulação grossa, pois sua deflagração é mais rápida do que a fina — respondeu o major.

— Sem dúvida, mas ela tem a potência explosiva muito alta e acaba alterando a alma fina do cano — retrucou Morgan.

— Bem, mas o que é inconveniente para um canhão destinado a um longo serviço não vale para nosso columbíade. Não corremos risco de explosão, e é preciso que a pólvora entre em combustão instantânea, a fim de que seu efeito mecânico seja completo.

— Poderíamos abrir diversos ouvidos, de modo a acender vários pontos em simultâneo — propôs J. T. Maston.

— Sem dúvida, mas dificultaria a manobra — respondeu Elphiston. — Volto, portanto, à minha pólvora de granulação grossa, que suprime tais dificuldades.

— Certo — respondeu o general.

— Para carregar seu columbíade — retomou o major —, Rodman utilizava uma pólvora de grãos da grossura de castanhas portuguesas, composta de carvão de salgueiro simplesmente torrado em caldeiras de ferro fundido. Tal pólvora era dura e reluzente, não deixava nenhum rastro na mão, continha altas proporções de hidrogênio e oxigênio, deflagrava de imediato e, apesar da alta potência explosiva, não danificava os canos perceptivelmente.

— Ora! Me parece que não há motivo para hesitar e que nossa decisão já está tomada — respondeu J. T. Maston.

— A não ser que prefiram a pólvora de ouro — retrucou o major, rindo, o que mereceu um gesto ameaçador do gancho de seu amigo sensível.

Até então, Barbicane se mantivera à parte da discussão. Ele deixava que falassem e escutava. Evidentemente, tivera uma ideia. Portanto, se contentou em apenas dizer:

— Agora, meus amigos, que quantidade de pólvora propõem?

Os três outros membros do Gun Club se entreolharam por um instante.

— 200 mil libras — disse Morgan, enfim.

— 500 mil — retrucou o major.

— 800 mil! — exclamou J. T. Maston.

Desta vez, Elphiston não ousou taxar seu colega de exagerado. Tratava-se, afinal, de enviar até a Lua um projétil de 20 mil libras, com força inicial de 12 mil jardas por segundo. Um momento de silêncio seguiu-se à proposta tripla dos três colegas.

Enfim, foi interrompido pelo presidente Barbicane.

— Meus bravos camaradas — disse, com a voz tranquila —, parto do princípio de que a resistência de nosso canhão, se construído nas condições desejadas, é ilimitada. Surpreenderei então o honrado J. T. Maston ao dizer que ele foi contido em seus cálculos e proporei dobrar suas 800 mil libras de pólvora.

— 1.600.000 libras? — perguntou J. T. Maston, dando um pulo na cadeira.

— Precisamente.

— Mas então precisamos retomar meu canhão de meia milha de comprimento.

— Sem dúvida — disse o major.

— Acredito que 1.600.000 libras de pólvora ocuparão um espaço de aproximadamente 22 mil pés cúbicos[3] — continuou o secretário do comitê. — Ora, como o canhão tem capacidade de apenas 54 mil pés cúbicos,[4] será preenchido pela metade, e

3. Cerca de oitocentos metros cúbicos.
4. Dois mil metros cúbicos.

o cano não terá o comprimento necessário para que a liberação dos gases imprima impulso suficiente ao projétil.

Não havia nada a responder. J. T. Maston estava certo. Todos olharam para Barbicane.

— Entretanto, insisto nesta quantidade de pólvora — retrucou o presidente. — Pensem bem: 1.600.000 libras de pólvora darão origem a 6 bilhões de litros de gás. Seis bilhões! Conseguem imaginar?

— Mas como faremos, então? — perguntou o general.

— É muito simples: é preciso reduzir esta quantidade enorme de pólvora, mas conservar a potência mecânica.

— Certo, mas por que método?

— Direi aos senhores — respondeu Barbicane, simplesmente. Os interlocutores o devoraram com os olhos.

— Na realidade, não há nada mais fácil do que reduzir esta massa de pólvora a um volume quatro vezes menor — prosseguiu ele. — Os senhores conhecem a matéria curiosa que constitui os tecidos elementares vegetais, que chamamos de celulose.

— Ah! — exclamou o major. — Entendi, meu caro Barbicane.

— Esta matéria é obtida no estado de perfeita pureza de diversos corpos, e em especial no algodão, que nada mais é do que a pelagem dos grãos de uma planta. Ora, o algodão, combinado com o ácido azótico a frio, transforma-se em uma substância extremamente insolúvel, combustível e explosiva. Há alguns anos, em 1832, um químico francês, Braconnot, descobriu tal substância, que chamou de xiloidina. Em 1838, outro francês, Pelouze, estudou as diversas propriedades dela até que, por fim, em 1846, Shonbein, professor de química na Basileia, propôs usá-la como explosivo armamentista. Tal explosivo é chamado de algodão-pólvora...

— Ou piroxilina — respondeu Elphiston.

— Ou nitrocelulose — acrescentou Morgan.

— Mas não temos um nome americano para assinar a descoberta? — indagou J. T. Maston, impulsionado por um forte sentimento de amor-próprio nacional.

— Nenhum, infelizmente — respondeu o major.

— Porém, para satisfazer Maston — continuou o presidente —, direi que o trabalho de um de nossos compatriotas pode ser atribuído ao estudo da celulose, pois o colódio, um dos principais agentes da fotografia, é, simplesmente, piroxilina dissolvida em éter e acrescida de álcool, e foi descoberto por Maynard, que, na época, estudava medicina em Boston.

— Que bom! Viva Maynard e o algodão-pólvora! — exclamou o estrondoso secretário do Gun Club.

— Voltemos à piroxilina — retomou Barbicane. — Os senhores conhecem suas propriedades, que a tornarão tão preciosa para nós; ela é preparada com a maior facilidade: algodão mergulhado em ácido azótico fumegante[5] por quinze minutos, lavado em água corrente e seco, e pronto.

— Nada mais simples — disse Morgan.

— Além do quê, a piroxilina é inalterável sob umidade, qualidade preciosa para nós, pois precisaremos de vários dias para carregar o canhão. Sua fusão se dá a 160 graus, e não a 240, e sua deflagração é tão súbita que é possível acendê-la sobre a pólvora comum sem que esta tenha tempo de pegar fogo.

— Perfeito — respondeu o major.

— Contudo, é mais cara.

— E daí? — retrucou J. T. Maston.

— Enfim, dá aos projéteis uma velocidade superior em quatro vezes à da pólvora. Acrescento ainda que, se misturarmos a um oitavo de seu peso em nitrato de potássio, sua potência expansiva será acrescida em proporção considerável.

---

5. Recebe esse nome pois, quando em contato com o ar, libera uma fumaça densa e esbranquiçada.

— Seria necessário? — perguntou o major.

— Creio que não — respondeu Barbicane. — Assim, então, no lugar de 1.600.000 libras de pólvora, teremos apenas 400 mil libras de algodão-pólvora, e, como podemos comprimir, sem perigo, quinhentas libras de algodão em 27 pés cúbicos, a matéria ocupará uma altura de apenas trinta toesas no columbíade. Deste modo, o pelouro terá mais de setecentos pés de cano a percorrer sob a força de 6 bilhões de litros de gás, antes de alçar voo na direção do astro noturno!

Naquele momento, J. T. Maston não conseguiu mais conter sua emoção; ele se jogou nos braços do amigo com a violência de um projétil, e o teria implodido se Barbicane não fosse constituído à prova daquela bomba.

O incidente concluiu a terceira sessão do comitê. Barbicane e seus audaciosos colegas, a quem nada parecia impossível, tinham resolvido a questão complexa do projétil, do canhão e dos explosivos. Com o plano redigido, restava apenas efetuá-lo.

— Um simples detalhe, mera bagatela — afirmou J. T. Maston.

Nota: Durante tal discussão, o presidente Barbicane reivindicou para um de seus compatriotas a invenção do colódio. É uma imprecisão — que não se ofenda o bravo J. T. Maston — ocasionada pela semelhança entre sobrenomes.

Em 1847, Maynard, estudante de medicina em Boston, teve a ideia de usar o colódio para o tratamento de machucados, mas a mistura foi descoberta em 1846. Aconteceu pelas mãos de um francês, uma mente bastante distinta, um erudito, pintor, poeta, filósofo, helenista e químico, o sr. Louis Ménard, que retém a honra de tal descoberta respeitável. — J. V.

10

A CADA 25 MILHÕES DE AMIGOS, UM INIMIGO

O público americano mantinha seu forte interesse nos menores detalhes da empreitada do Gun Club. Acompanhava, dia a dia, as discussões do comitê. Os aspectos mais simples do grande experimento, as questões matemáticas levantadas, as dificuldades mecânicas a solucionar, em suma, os preparativos emocionavam sobremedida.

Levaria mais de um ano para a conclusão dos trabalhos, mas o lapso temporal não deveria ser desprovido de emoção. O local escolhido para a fabricação, a construção do molde, a fundição do columbíade, sua carga perigosíssima; era tudo mais do que suficiente para estimular a curiosidade pública. O projétil, uma vez lançado, sumiria de vista em algumas dezenas de segundos; o que aconteceria com ele então, como se comportaria no espaço, de que modo atingiria a Lua, isso apenas os olhos de um pequeno número de privilegiados testemunhariam. Portanto, eram o preparo da experiência e os detalhes precisos da execução que constituíam a verdadeira fonte de interesse.

Entretanto, o atrativo puramente científico da empreitada foi de súbito exaltado por um incidente.

Sabe-se das inúmeras legiões de admiradores e amigos que o projeto de Barbicane reunira ao redor de seu autor. Contudo, por mais honrada e extraordinária que fosse, esta maioria não havia de ser unânime. Apenas um homem em todos os estados da União, protestou contra a tentativa do Gun Club; ele a atacou com veemência em todas as oportunidades, e, como é comum à natureza humana, Barbicane foi mais sensível a tal oposição solitária do que aos aplausos de todos os outros.

Entretanto, ele sabia muito bem do motivo de tal antipatia, de onde vinha a inimizade singular, por que era tão pessoal e antiga e, enfim, de que rivalidade de amor-próprio nascera.

O presidente do Gun Club nunca vira seu inimigo perseverante — ainda bem, pois o encontro dos dois homens decerto conduziria a consequências preocupantes. Seu rival era um erudito como Barbicane, de natureza orgulhosa, audaciosa, convencida, violenta, um ianque nato. Chamavam-no de capitão Nicholl, e ele morava na Filadélfia.

Todos conhecem a curiosa luta que se estabeleceu durante a guerra federal entre o projétil e a couraça dos navios blindados; um destinado a perfurar a outra, uma determinada a não se deixar perfurar. Ocorreu, assim, uma transformação radical da Marinha nos Estados. A bala e a placa lutaram com aferro inédito, uma dilatando-se, a outra engrossando em proporção constante. Os navios, armados de instrumentos formidáveis, avançavam diante do fogo, protegidos por sua carapaça invulnerável. O *Merrimack*, o *Monitor*, o *Ram-Tennessee*, o *Weckausen*, enfim, muitos dos navios da Marinha americana lançavam projéteis enormes após se encouraçarem contra os projéteis alheios. Faziam contra os outros o que não queriam que fosse feito contra eles, princípio imoral sobre o qual se baseia toda a arte da guerra.

Ora, enquanto Barbicane foi um grande fundidor de projéteis, Nicholl foi um grande forjador de placas. Um fundia dia e noite em Baltimore, enquanto o outro forjava noite e dia na Filadélfia. Ambos seguiam correntes ideológicas, em essência, opostas.

O capitão Nicholl.

Sempre que Barbicane inventava um novo pelouro, Nicholl inventava uma nova placa. O presidente do Gun Club passava a vida abrindo buracos, e o capitão, a impedi-los. Nasceu daí uma rivalidade em tempo integral, que chegava ao particular. Nicholl surgia nos sonhos de Barbicane na forma de uma couraça impenetrável na qual se chocava, e Barbicane, nos pesadelos de Nicholl, como um projétil que o perfurava por todos os lados.

Embora seguissem duas linhas divergentes, os estudiosos teriam acabado se encontrando, apesar de todos os axiomas da geometria, no terreno do duelo. Felizmente para esses cidadãos tão úteis ao país, mais de 55 milhas os separavam, e seus amigos ergueram obstáculos pelo caminho de modo a garantir que nunca se encontrassem.

Qual dos inventores saíra em vantagem sobre o outro, não se sabia bem; os resultados obtidos dificultavam uma avaliação justa. Parecia, porém, no fim das contas, que a couraça deveria acabar por ceder ao projétil. Contudo, havia dúvida entre os homens competentes. Nos últimos experimentos, os projéteis cilíndrico-cônicos de Barbicane acabaram por espetar como agulhas as placas de Nicholl; no dia em questão, o forjador da Filadélfia se acreditou vitorioso e lhe restou apenas desprezo pelo rival. No entanto, quando Barbicane, mais tarde, substituiu os pelouros cônicos por simples obus de seiscentas libras, o capitão teve que ceder. De fato, esses projéteis, ainda que impulsionados por uma velocidade medíocre,[1] racharam, perfuraram e estilhaçaram as placas do melhor metal.

Era neste ponto que se encontravam as coisas, a vitória parecendo repousar na bala de canhão, quando a guerra acabou no preciso dia em que Nicholl terminava de fabricar uma nova couraça de aço fundido! Era uma obra-prima do gênero e desafiaria todos os projéteis do mundo. O capitão mandou transportá-la ao polígono de tiro de Washington, provocando o presidente do Gun Club a destruí-la. Barbicane, com a paz assinada, não quis pôr a placa à prova.

Nicholl, furioso, sugeriu expor sua placa à colisão dos projéteis mais inverossímeis, maciços, ocos, redondos ou cônicos.

---

1. A pólvora utilizada não era maior do que $\frac{1}{12}$ do peso do obus.

Recebeu a recusa do presidente, que não queria, sem dúvida, comprometer seu último sucesso.

Colérico por causa daquela teimosia indizível, Nicholl quis dar todas as chances a Barbicane, até que fosse tentador. Ele propôs posicionar a placa a duzentas jardas do canhão. Barbicane se manteve obstinado na recusa. Cem jardas? Nem 75.

— Então cinquenta! — gritava o capitão pelos jornais. — Coloco a placa a 25 jardas, e ainda fico parado atrás!

Barbicane mandou responder que, mesmo que o capitão Nicholl ficasse parado na frente, ele não atiraria.

Diante de tal réplica, Nicholl não conseguiu mais se conter e partiu para o pessoal: insinuou que a covardia era indefensável, que o homem que se recusa a dar um tiro de canhão está bem perto do medo, que, em suma, esses artilheiros que lutam hoje a seis milhas de distância substituíram, por prudência, a coragem individual pelas fórmulas matemáticas, e que, além do mais, há tanta bravura em aguardar tranquilamente um pelouro de trás de uma placa quanto em dispará-lo seguindo todos os procedimentos.

A tais insinuações, Barbicane nada respondeu. Talvez nem tivesse sido informado delas, pois estava por inteiro absorto nos cálculos de seu grande empreendimento.

Quando Barbicane fez seu famoso discurso no Gun Club, a fúria do capitão Nicholl chegou ao paroxismo. Dentro dele, mesclavam-se uma inveja suprema e uma sensação absoluta de impotência! Como inventar algo melhor do que aquele columbíade de novecentos pés?! Que couraça resistiria a um projétil de 20 mil libras?! Nicholl, de início, ficou arrasado, aniquilado, desmantelado por aquele "tiro de canhão", mas por fim se reergueu e decidiu esmagar a proposta sob o peso de seus argumentos.

Ele atacou, então, com extrema violência o trabalho do Gun Club, publicando uma série de cartas que os jornais não se recusaram a imprimir. Ele tentou demolir em termos científicos a obra de Barbicane. Uma vez travada a guerra, convocou a seu auxílio razões de toda ordem e, para sermos sinceros, com frequência especiosas e de má-fé.

No princípio, os cálculos de Barbicane foram atacados com virulência, enquanto Nicholl tentava provar por A + B a imprecisão das fórmulas, acusando o rival de ignorar os princípios rudimentares da balística. Entre outros erros, seguindo cálculos próprios, Nicholl argumentou que era impossível imprimir a um corpo uma velocidade inicial de 12 mil jardas por segundo; ele defendeu, lançando mão da álgebra, que, mesmo com aquela velocidade, nenhum projétil tão pesado atravessaria os limites da atmosfera terrestre! Voaria por oito léguas! Ainda melhor: considerando a velocidade adquirida e supondo que fosse suficiente, o obus não resistiria à pressão dos gases desenvolvidos pela inflamação de 1.600.000 libras de pólvora, e, caso resistisse, não suportaria uma temperatura tamanha, então derreteria ao sair do columbíade e cairia como uma chuva fervente na cabeça dos espectadores desavisados.

Barbicane, diante desses ataques, nem pestanejou, optando por continuar sua obra.

Então Nicholl abordou a questão por outras perspectivas. Sem falar de sua inutilidade, sob todos os pontos de vista, viu a experiência como muito perigosa, tanto para os cidadãos que autorizassem com sua presença um espetáculo tão condenável, quanto para as cidades vizinhas do deplorável canhão. Ele também comentou que, caso o projétil não atingisse o alvo, cairia, sem dúvidas, na Terra, e que a queda daquela massa, multiplicada pelo quadrado da velocidade, comprometeria e muito algum ponto do globo terrestre. Portanto, tais circunstâncias, sem atacar os direitos dos cidadãos livres, eram um caso em que a intervenção do governo seria necessária, e não era justo arriscar a segurança de todos em nome do desejo de um só.

Nicholl escreve diversas cartas.

Vemos o nível de exagero ao qual o capitão Nicholl se permitia chegar. Ele era o único com aquela opinião. Portanto, ninguém levou em conta tais infelizes profecias. Deixaram-no gritar à vontade, até cansar, se assim quisesse. Ele se apresentava como defensor de uma causa perdida já na largada; as pessoas o ouviam, mas não o escutavam, e ele não desviou um único admirador do presidente do Gun Club. Este último, inclusive, nem se deu ao trabalho de responder aos argumentos.

Nicholl, acuado nas últimas trincheiras, não podendo nem mesmo colocar a mão no fogo pela causa, decidiu colocar dinheiro. Propôs então, para quem quisesse lê-lo no *Enquirer* de Richmond, uma série de apostas concebidas em seus termos, que aumentavam exponencialmente.

Ele apostou:

Que os recursos necessários para a empreitada do Gun Club não seriam arrecadados	1.000 dólares
Que a operação da fundição de um canhão de novecentos pés era impraticável e não seria possível	2.000 dólares
Que seria impossível carregar o columbíade e a piroxilina pegaria fogo sozinha sob a pressão do projétil	3.000 dólares
Que o columbíade explodiria no primeiro disparo	4.000 dólares
Que o projétil alcançaria apenas seis milhas e cairia poucos segundos após o lançamento	5.000 dólares

Vemos que era um montante considerável, que colocava em risco a teimosia invencível do capitão. Tratava-se de 15 mil dólares no total.

Apesar da importância da aposta, no dia 19 de maio, ele recebeu um envelope selado de uma concisão extraordinária, escrito da seguinte forma:

Baltimore, 18 de outubro
Apostado.

BARBICANE.

11

FLÓRIDA E TEXAS

Faltava, porém, decidir um aspecto: era preciso escolher um local favorável para o experimento. De acordo com a recomendação do Observatório de Cambridge, o tiro deveria ser disparado perpendicular à linha do horizonte, isto é, no sentido do zênite, e a Lua só chega a tal ponto nos locais situados entre $0°$ e $28°$ de latitude — em outros termos, tem uma declinação[1] de apenas $28°$. A questão, portanto, era determinar com exatidão em que ponto do globo seria fundido o imenso columbíade.

No dia 20 de outubro, Barbicane levou à reunião geral do Gun Club uma carta magnífica de Z. Belltropp, dos Estados Unidos. Porém, antes que tivesse tempo de apresentá-la, J. T. Maston pediu a palavra com a veemência de sempre e falou nos seguintes termos:

— Honrados colegas, a questão de que trataremos hoje tem verdadeira importância nacional e nos oferecerá a oportunidade de efetuar um grande ato de patriotismo.

Os membros do Gun Club se entreolharam, sem entender aonde o orador queria chegar.

— Nenhum dos senhores cogitaria renegar a glória de seu país, e, se há um direito que a União pode exigir, trata-se de abrigar em seu seio o formidável canhão do Gun Club. Ora, nas atuais circunstâncias...

---

1. Declinação é a latitude de um astro na esfera celeste, e a ascensão é sua longitude.

— Caro Maston... — começou o presidente.

— Permita que eu desenvolva meu raciocínio — insistiu o orador. — Nas atuais circunstâncias, somos obrigados a escolher um local bastante próximo do Equador, para que o experimento ocorra nas condições adequadas...

— Por favor... — interrompeu Barbicane.

— Exijo a livre discussão de ideias e insisto que o território do qual partirá nosso glorioso projétil pertença à União — retrucou o fervoroso J. T. Maston.

— Sem dúvida! — responderam alguns membros.

— Ora! Visto que nossas fronteiras não têm a extensão necessária, que, ao sul, o oceano se apresenta como fronteira impenetrável, e que devemos buscar além dos Estados Unidos, em um país limítrofe ao paralelo 28, apresento *casus belli* legítimo e proponho que declaremos guerra ao México!

— Não! Nada disso! — exclamaram de todos os lados.

— Não?! Me espanta ouvir tal palavra neste recinto! — retrucou J. T. Maston.

— Mas escute...!

— Nunca! Nunca! — gritou o orador irascível. — Essa guerra ocorrerá cedo ou tarde, e exijo que estoure agora mesmo.

— Maston, retiro seu direito à palavra! — declarou Barbicane, detonando seu timbre estrondoso.

Maston quis retrucar, mas alguns colegas conseguiram contê-lo.

— Concordo que o experimento só pode e deve ser conduzido no solo da União, mas, se meu amigo impaciente me tivesse permitido falar, se tivesse olhado para um mapa sequer, saberia que é de todo modo inútil declarar guerra a nossos vizinhos, pois certas fronteiras dos Estados Unidos se estendem para além do paralelo 28. Vejam bem, temos à disposição toda a região meridional do Texas e das Flóridas — disse Barbicane.

O incidente não teve sequência; entretanto, J. T. Maston não se convenceu com facilidade. Decidiu-se, então, que o columbíade seria fundido no Texas, ou na Flórida. A decisão, contudo, criaria uma rivalidade sem precedentes entre as cidades dos dois estados.

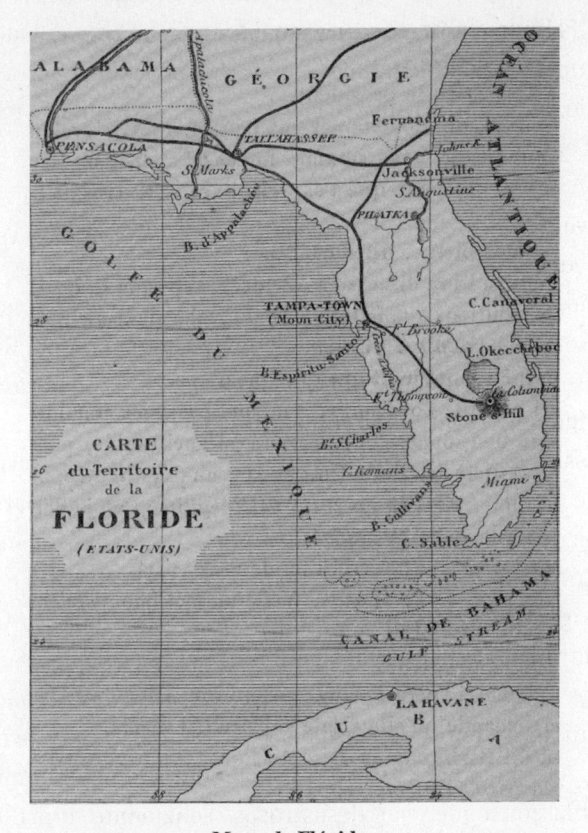

Mapa da Flórida.

O paralelo 28, no cruzamento com a costa americana, atravessa a península da Flórida e a divide em duas partes quase iguais. Em seguida, adentrando o golfo do México, tangencia o arco formado pela costa do Alabama, do Mississípi e da Louisiana. Então, chegando ao Texas, pelo qual se corta determinado ângulo, se prolonga através do México, atravessando o estado mexicano de Sonora, cruza a velha Califórnia e se perde nos mares do Pacífico. Porém, apenas as porções do Texas e da Flórida, situadas abaixo do paralelo, encontravam-se nas condições de latitude recomendadas pelo Observatório de Cambridge.

A Flórida, na parte meridional, não conta com cidades importantes. É ocupada apenas por fortes erguidos contra a população indígena errante. Uma única cidade, Tampa, poderia arguir em causa própria e apresentar seus direitos.

No Texas, por outro lado, as cidades são mais numerosas e relevantes. Corpus Christi, no condado de Nueces, e todas as cidades situadas no rio Grande — Laredo, Comalites e San Ygnacio, no condado de Webb, Roma e Rio Grande City, no condado de Starr, Edinburg, no condado de Hidalgo, Santa Rita, El Panda e Brownsville, no condado de Cameron — formavam uma liga imponente contra a pretensão da Flórida.

Assim que tomaram ciência da decisão, os emissários do Texas e da Flórida se dirigiram o mais rápido possível para Baltimore; desse momento em diante, o presidente Barbicane e os membros influentes do Gun Club foram assediados, dia e noite, por exigências implacáveis. Enquanto sete cidades da Grécia disputaram a honra de ter visto Homero nascer, dois estados inteiros ameaçavam cair na briga por causa de um canhão.

Viu-se então esses "irmãos ferozes" desfilarem armados pelas ruas da cidade. A qualquer encontro, temia-se um conflito com consequências desastrosas. Felizmente, a prudência e o discurso do presidente Barbicane repeliram o perigo. As demonstrações pessoais encontraram vazão nos jornais dos vários estados. Foi assim que o *New York Herald* e o *Tribune* apoiaram o Texas, enquanto o *Times* e o *American Review* tomaram o partido da delegação da Flórida. Os membros do Gun Club não sabiam mais a quem escutar.

O Texas chegava orgulhoso, com seus 26 condados que pareciam se alinhar para a batalha; a Flórida, então, retrucava que doze condados tinham mais poder do que 26, em um estado seis vezes menor.

O Texas ostentava seus 330 mil habitantes, mas a Flórida, menos vasta, se vangloriava da maior densidade populacional, com seus 56 mil. Ademais, acusava o Texas da endemia de "febre dos pântanos"[2] que lhe custava, todos os anos, milhares de habitantes. Não estava errada.

Por sua vez, o Texas retrucava que, em questão de doença, a Flórida não ficava muito atrás, e que era, no mínimo, imprudente chamar outros estados de insalubres quando se tinha a honra de possuir um caso crônico de "vômito-preto".[3] Estava correto.

"Além do mais", acrescentavam os texanos por meio do *New York Herald*, "devemos respeitar o estado onde cresce o melhor algodão de toda a América, o que produz a melhor azinheira para construir navios, o que contém o carvão superior e minas de ferro cujo rendimento é de 50% de minério puro".

A isso, o *American Review* respondia que o solo da Flórida, embora menos rico, oferecia condições melhores para a fundição e fabricação do columbíade, pois era composto de areia e terra argilosa.

"Porém", replicavam os texanos, "antes de fundir o que quer que seja em um local, é preciso chegar lá. Ora, a comunicação com a Flórida é difícil, enquanto a costa do Texas inclui a baía de Galveston, que tem catorze léguas de largura e pode abrigar as frotas do mundo inteiro".

"Bem!", respondiam os jornais dedicados à Flórida. "Que belo argumento, a baía de Galveston situada acima do paralelo 29! E nós não temos a baía do Espírito Santo, aberta precisa-

---

2. Malária. [N. T.]

3. Febre amarela. [N. T.]

mente no grau 28 de latitude, pela qual os navios chegam diretamente a Tampa?"

"Que linda baía!", revidava o Texas. "Está metade aterrada!"

"Aterrados são vocês!", gritava a Flórida. "Não diriam que somos uma terra selvagem?"

"É claro, os seminoles ainda correm pelos seus prados!"

"Ora, e seus apaches, seus comanches? Por acaso são civilizados?"[4]

A guerra se manteve assim por alguns dias, até que a Flórida decidiu arrastar o adversário para outro campo de batalha: certo dia, o *Times* insinuou que o empreendimento, por ser "essencialmente americano", só poderia ocorrer em um território "essencialmente americano"!

O Texas se sobressaltou diante dessas palavras. "Americanos!", exclamou. "Não somos tão americanos quanto vocês? O Texas e a Flórida não foram incorporados à União ao mesmo tempo, em 1845?"

"É certo", respondeu o *Times*, "mas nós pertencemos aos americanos desde 1820".

"Sei muito bem", retrucou o *Tribune*. "Depois de serem espanhóis ou ingleses por duzentos anos, foram vendidos aos Estados Unidos por 5 milhões de dólares!"

"E daí?", replicou a Flórida. "Devemos nos envergonhar? Em 1803, não compramos a Louisiana de Napoleão pelo preço de 16 milhões de dólares?"

"Que vergonha!", gritaram então os emissários do Texas. "Um naco de terra miserável como a Flórida ousa se comparar ao Texas, que, em vez de se vender, se tornou independente por conta própria, que expulsou os mexicanos em 2 de março de 1836, que se declarou república federativa após a vitória de

---

4. A linguagem usada por Verne é bastante violenta e reflexo da época em que a obra foi escrita. [N. E.]

Samuel Houston na fronteira de San Jacinto contra as tropas de Santa Anna! Um país, enfim, que se juntou aos Estados Unidos da América de livre vontade!"

"Porque tinha medo dos mexicanos!", respondeu a Flórida.

Medo! No dia em que esta palavra, sinceramente vulgar demais, foi pronunciada, a situação ficou intolerável. Esperava-se a degolação dos dois partidos nas ruas de Baltimore. Era preciso ficar de olho nos emissários.

Vigiando os emissários.

O presidente Barbicane não sabia o que pensar. Bilhetes, documentos e cartas repletas de ameaças choviam na casa dele. Que lado deveria tomar? Do ponto de vista da adequação do solo, da facilidade de comunicação, da rapidez de transporte, o direito dos dois estados era, francamente, equivalente. Quanto às personalidades políticas, elas não tinham nada a ver com a questão.

A hesitação e o impasse já duravam muito tempo quando Barbicane conseguiu solucioná-los. Ele reuniu os colegas e a proposta que lhes fez foi bem sábia, como veremos a seguir.

— Considerando o que acaba de ocorrer entre a Flórida e o Texas, é evidente que as mesmas dificuldades se reproduziriam entre as cidades do estado favorecido. A rivalidade irá de gênero a espécie, de estado a cidade, e só. Ora, o Texas tem onze cidades nas condições desejadas, que disputarão pela honra da empreitada e nos trarão novos incômodos, enquanto a Flórida tem apenas uma. Então escolhamos a Flórida e sua Tampa!

Esta decisão, quando divulgada, aterrou os emissários do Texas. Eles entraram em furor indescritível e dirigiram provocações nominais aos diversos membros do Gun Club. Os magistrados de Baltimore tiveram apenas um lado a tomar, e o tomaram. Trouxeram um trem especial, embarcaram os texanos, quer eles quisessem ou não, e assim o grupo deixou a cidade a trinta milhas por hora.

Porém, por mais rápido que tivessem sido expulsos, eles tiveram tempo de disparar uma última ameaça sarcástica aos adversários.

Aludindo ao medo de grandeza da Flórida, simples península esmagada entre dois mares, alegaram que ela não resistiria à força do tiro e que explodiria no primeiro disparo do canhão.

"Ora, que exploda, então!", respondeu a Flórida, com laconismo digno da antiguidade.

12

URBI ET ORBI

Tendo-se solucionado as dificuldades astronômicas, mecânicas e topográficas, chegou a questão financeira. Era necessário arrecadar um montante enorme para a execução do projeto. Nenhum investidor particular, nem mesmo estado algum, teria à disposição os milhões necessários.

O presidente Barbicane defendeu, então, embora a empreitada fosse americana, transformá-la em interesse universal e pedir cooperação financeira a todas as nações. Era ao mesmo tempo dever e direito de toda a Terra intervir nos assuntos do satélite. A contribuição aberta a este fim se espalhou de Baltimore ao mundo todo, *urbi et orbi*.

A contribuição deveria ser um sucesso, ultrapassando qualquer esperança. Contudo, tratava-se de montantes a doar, e não emprestar. A operação era puramente desinteressada no sentido mais literal do termo, sem oferecer benefício algum em retorno.

Porém, o efeito do discurso de Barbicane não tinha se limitado às fronteiras dos Estados Unidos; atravessara o Atlântico e o Pacífico e invadira, ao mesmo tempo, a Ásia e a Europa, a África e a Oceania. Os observatórios da União entraram em contato imediato com os observatórios dos países estrangeiros. Alguns, de Paris, de Petesburgo, do Cabo, de Berlim, de Altona, de Estocolmo, de Varsóvia, de Hamburgo, de Bude, de Bolonha, de Malta, de Lisboa, de Varanasi, de Madras, de Pequim, transmitiram seus cumprimentos ao Gun Club; os outros se mantiveram em expectativa prudente.

Já o Observatório de Greenwich, com a aprovação dos outros 22 estabelecimentos astronômicos da Grã-Bretanha, mandou uma resposta clara: negou com veemência a possibilidade de sucesso e se alinhou às teorias do capitão Nicholl. Assim, enquanto diversas sociedades eruditas prometiam enviar emissários a Tampa, o departamento de Greenwich, reunido em sessão, recusou brutalmente o tema do discurso de Barbicane. Era pura inveja inglesa, sem tirar nem pôr.

Em suma, o efeito foi excelente no mundo científico, e dali passou para as massas, que, em geral, se apaixonaram pela questão. Era um fato de extrema importância, pois tais massas seriam convocadas a contribuir com um capital considerável.

O presidente Barbicane, no dia 8 de outubro, lançou um manifesto repleto de entusiasmo, no qual apelava "a todos os homens de boa vontade na Terra". Este documento, traduzido para todas as línguas, fez muito sucesso.

As contribuições foram abertas nas principais cidades da União, para centralizarem-se no banco de Baltimore, na rua Baltimore, número 9. Em seguida, abriu-se a possibilidade de contribuir em estados diferentes de dois continentes:

Em Viena, com o S. M. de Rothschild;

Em Petesburgo, com Stieglitz e cia.;

Em Paris, no Crédito Mobiliário;

Em Estocolmo, com Tottie e Arfuredson;

Em Londres, com N. M. de Rothschild e filho;

Em Turin, com Ardouin e cia.;

Em Berlim, com Mendelsohn;

Em Genebra, com Lombard, Odier e cia.;

Em Constantinopla, no Banco Otomano;

Em Bruxelas, com S. Lambert;

Em Madrid, com Daniel Weisweller;

Em Amsterdã, no Crédito Holandês;

Em Roma, com Torlonia e cia.;

Em Lisboa, com Lecesne;

Em Copenhague, no Banco Particular;

Em Buenos Aires, no Banco Mauá;

No Rio de Janeiro, na mesma empresa;

Em Montevidéu, na mesma empresa;

Em Valparaíso, com Thomas La Chambre e cia.;

Na Cidade do México, com Martin Daran e cia.;

Em Lima, com Thomas La Chambre e cia.

Três dias após o manifesto do presidente Barbicane, 4 milhões de dólares foram depositados nas diversas cidades da União. Com tal montante, o Gun Club já podia avançar.

Porém, alguns dias depois, os telegramas comunicaram à América que as contribuições estrangeiras se acumulavam com verdadeira pressa. Certos países se distinguiam pela generosidade, enquanto outros tinham mais dificuldade de doar. Era questão de temperamento.

De resto, os números são mais eloquentes do que as palavras, e eis, a seguir, o estado oficial dos valores que foram somados à caixa do Gun Club após o recolhimento das contribuições.

A Rússia, por seu contingente, ajudou com o enorme valor de 368.733 rublos. Para se surpreender, seria necessário desconhecer o interesse científico dos russos e o progresso que eles empreendem nos estudos astronômicos, graças a seus numerosos observatórios, o principal dos quais custou 2 milhões de rublos.

A França começou rindo da pretensão dos americanos. A Lua servia de pretexto para mil trocadilhos velhos e dezenas de comédias, nas quais o mau gosto rivalizava com a ignorância. Porém, como um dia os franceses pagaram após cantar, neste caso, pagaram após rir, contribuindo com 1.253.930 francos. Por um preço daqueles, até tinham o direito de se divertir um pouco.

A Áustria se mostrou até generosa em meio à própria confusão financeira. Sua parte igualou, na contribuição pública, 216 mil florins, que foram bem-vindos.

Já 52 mil rijksdaalder foi o montante da Suécia e da Noruega. O valor era considerável, relativo ao território, mas decerto teria sido maior se a contribuição fosse recolhida em Christiania além de Estocolmo. Por algum motivo, os noruegueses não gostam de mandar dinheiro para os suecos.

A Prússia, ao enviar 250 mil táleres, comprovou sua alta aprovação da empreitada. Seus diferentes observatórios logo contribuíram apressados com valores significativos e foram os mais ardorosos no encorajamento ao presidente Barbicane.

A Turquia se portou com generosidade, mas tinha interesse particular na questão: afinal, a Lua dita seu calendário e o jejum do Ramadã. Portanto, não podia doar menos do que 1.372.640 piastras, com um fervor que, por sua vez, denunciava certa pressão do governo da Porta Otomana.

A Bélgica se distinguiu entre todos os estados de segunda ordem pelo donativo de 513 mil francos, por volta de doze centavos por habitante.

A Holanda e suas colônias marcaram seu interesse na operação por 110.000 florins, pedindo apenas que lhes gratificassem com 5% de desconto, pois o pagamento era à vista.

A Dinamarca, embora restrita pelo território, doou 9 mil ducados, o que prova o amor dos dinamarqueses pelas expedições científicas.

A Confederação Germânica se responsabilizou por 34.285 florins. Não se podia pedir mais a ela, e ela não teria doado nada além disso.

Embora bastante apertada, a Itália encontrou 200 mil liras nos bolsos dos filhos, mas só depois de revirá-los bastante. Se tivesse o Vêneto, se sairia melhor; mas, enfim, não tinha o Vêneto.

Os estados da Igreja não acreditaram dever enviar menos de 7.040 escudos, e Portugal empurrou sua devoção à ciência até 30 mil cruzados.

Contribuições abertas.

Quanto ao México, foi a oferta da viúva pobre, 86 piastras fortes; mas os impérios recém-fundados sempre estão um pouco apertados.

O modesto aporte de 257 francos foi da Suíça. É preciso ser sincero: a Suíça não via o lado prático da empreitada; não acreditava que enviar um projétil à Lua fosse modo de estabelecer relações com o astro noturno, e lhe parecia pouco prudente envolver seu capital em um movimento assim aleatório. Afinal, a Suíça talvez tivesse razão.

Quanto à Espanha, foi impossível reunir mais de 110 reais. Ela alegou, como pretexto, que precisava concluir suas ferrovias. A verdade é que a ciência não era vista com bons olhos no país, que continua um pouco atrasado. Além do mais, certos espanhóis, e não os menos instruídos, não entendiam bem a massa do projétil em comparação com a da Lua e temiam que perturbasse sua órbita, transtornasse seu papel de satélite e provocasse sua queda na superfície terrestre. Neste caso, era melhor se abster. E foi o que eles fizeram, com exceção de poucos reais.

Restava a Inglaterra. Sabemos da antipatia e do desprezo com que reagiram ao discurso de Barbicane. Os ingleses compartilham da mesma alma, mesmo que a Grã-Bretanha tenha 25 milhões de habitantes. Eles deram a entender que a empreitada do Gun Club ia contra o "princípio da não intervenção" e não doaram um farthing que fosse.

Diante desta última notícia, o Gun Club se contentou em dar de ombros e voltar a seus assuntos. Quando a América do Sul, isto é, o Peru, o Chile, o Brasil, as províncias de La Plata e a Colômbia reuniram entre si o valor de 300 mil dólares, o resultado foi um capital considerável, cujo cálculo se vê a seguir:

Contribuição dos Estados Unidos:	4.000.000 dólares
Contribuições estrangeiras:	1.446.675 dólares
Total:	5.446.675 dólares

Portanto, eram 5.446.675 dólares que o público depositara no caixa do Gun Club.

Que ninguém se espante com o valor do montante. O trabalho de fundição, de perfuração, de alvenaria, o transporte de operários, a instalação dos funcionários em terras quase desabitadas, a construção de fornos e edifícios, os apetrechos das usinas, a pólvora, o projétil, e os gastos incidentais deveriam, de acordo com o orçamento, absorver praticamente tudo. Certos tiros de canhão da guerra federal custaram mil dólares; aquele do presidente Barbicane, único nos anais da artilharia, poderia chegar a custar 5 mil vezes mais.

No dia 20 de outubro, um tratado foi concluído com a usina de Goldspring, perto de Nova York, que, durante a guerra, fornecera a Parrott seus melhores canhões de ferro fundido.

Usina de Goldspring, próxima de Nova York.

Foi estipulado, entre as partes, que a usina de Goldspring se responsabilizaria por transportar até Tampa, na Flórida meridional, o material necessário para a fundição do columbíade.

Tal operação deveria terminar, no mais tardar, em 15 de outubro do ano seguinte, e o canhão, ser entregue em bom estado, sob pena de indenização de cem dólares ao dia até o momento em que a Lua voltasse a se apresentar nas mesmas condições, ou seja, dali a dezoito anos e onze dias.

A contratação e o pagamento dos operários e as disposições necessárias eram também de incumbência da empresa de Goldspring.

Este contrato, em duas vias e de boa-fé, foi assinado por I. Barbicane, presidente do Gun Club, e J. Murphison, diretor da usina de Goldspring, que aprovaram a escrita das duas partes.

13

STONE'S HILL

Após a escolha tomada pelos membros do Gun Club em detrimento do Texas, todos na América, onde a população inteira é alfabetizada, se obrigaram a estudar a geografia da Flórida. Nunca as livrarias tinham vendido tantos exemplares de *Travels*, de William Bartram, de *A Concise Natural History of East and West Florida*, de Bernard Romans, de *The Territory of Florida*, de John Williams, de *The Superior Advantages to Be Derived from the Culture of Sugar-cane in East-Florida*, de John C. Cleland. Foi preciso imprimir novas tiragens. Formou-se um verdadeiro furor.

Barbicane tinha mais o que fazer: em vez de ler, ele queria ver com os próprios olhos e determinar a posição do columbíade. Assim, sem perder um instante que fosse, colocou à disposição do Observatório de Cambridge os recursos necessários para a construção de um telescópio e tratou com a casa Breadwill e Cia., de Albany, para confeccionar o projétil em alumínio. Por fim, partiu de Baltimore, acompanhado por J. T. Maston, pelo major Elphiston e pelo diretor da usina de Goldspring.

No dia seguinte, os quatro companheiros de viagem chegaram a Nova Orleans. Lá, embarcaram de imediato no *Tampico*, navio auxiliar da Marinha federal, que o governo disponibilizava para eles, e, uma vez acelerados, a costa da Louisiana logo desapareceu de vista.

A travessia não foi longa; dois dias após a partida, o *Tampico*, tendo atravessado 480 milhas (aproximadamente duzentas léguas) avistou a costa da Flórida. Ao se aproximar, Barbicane se viu diante de um terreno baixo, plano, de aspecto bastante infértil. Após cruzar uma sequência de enseadas ricas em ostras e lagostas, o *Tampico* chegou à baía do Espírito Santo.

A baía é dividida em duas radas compridas, a rada de Tampa e a de Hillsborough, cujo gargalo o navio a vapor logo ultrapassou. Pouco depois, surgiu a bateria rasante do forte Brooke acima das ondas, e enfim a cidade de Tampa, negligentemente estendida no fundo do pequeno porto natural formado pela embocadura do rio Hillsborough.

Foi lá que ancorou o *Tampico*, às 19h de 22 de outubro, e os quatro passageiros desembarcaram sem demora.

Barbicane sentiu o coração bater com violência assim que pisou em solo floridense. Parecia tateá-lo com os pés, como um arquiteto ao avaliar a solidez de uma casa. J. T. Maston arranhava a terra com a ponta do gancho.

— Senhores, não temos tempo a perder, e logo amanhã montaremos a cavalo para conhecer o terreno — disse Barbicane.

No momento em que Barbicane aterrissou, os três mil habitantes de Tampa tinham ido vê-lo, honraria devida ao presidente do Gun Club que lhes favorecera com sua escolha. Eles o receberam entre aclamações impressionantes, mas Barbicane escapou das ovações, se instalou em um quarto no hotel Franklin e não quis receber ninguém. A função de celebridade decerto não lhe convinha.

No dia seguinte, 23 de outubro, cavalinhos de raça espanhola, cheios de fogo e vigor, piafavam debaixo da janela. Porém, não eram apenas quatro, e, sim, cinquenta, com seus respectivos cavaleiros. Barbicane desceu, acompanhado dos três colegas, e se espantou ao encontrar-se em meio à tamanha cavalgada. Ele notou também que todos os cavaleiros carregavam carabinas cruzadas no tronco e pistolas nos alforjes. O motivo de tal destacamento logo lhe foi explicado por um jovem floridense:

— Senhor, há seminoles aqui.

— Que seminoles?

— Os nativos que percorrem a pradaria. Nos pareceu prudente escoltá-los.

— Bah! — J. T. Maston bufou, subindo na sela.

— Enfim, é mais seguro — continuou o floridense.

— Senhores, agradeço a atenção, e agora partiremos! — respondeu Barbicane.

A pequena tropa disparou logo mais, desaparecendo na nuvem de poeira. Eram 5h; o sol já reluzia, e o termômetro marcava 84° Fahrenheit,[1] mas a brisa fresca da maresia moderava o excesso da temperatura.

Barbicane, deixando Tampa para trás, desceu no sentido sul e seguiu a costa, de modo a alcançar o *creek*[2] Alafia. O riacho desemboca na baía de Hillsborough, doze milhas abaixo de Tampa. Barbicane e a escolta margearam a riba direita, subindo em direção ao leste. Logo as ondas da baía desapareceram atrás de uma inclinação do terreno, e o interior floridense se estendeu à vista de todos.

A Flórida se divide em duas partes: uma ao norte, mais populosa e menos abandonada, tem Tallahassee como capital e contém Pensacola, um dos principais arsenais marítimos dos Estados Unidos; a outra, esmagada entre a América e o golfo do México, cujas águas a limitam, não passa de uma península fina e devorada pela corrente do golfo, uma pontinha

---

1. Cerca de 28°C.
2. Pequeno riacho.

de terra perdida em meio a um pequeno arquipélago, que os numerosos navios do canal das Bahamas ultrapassam sem cessar. É a sentinela avançada do golfo das grandes tempestades. A superfície do estado é de 38.033.267 acres[3] entre os quais era preciso escolher um situado abaixo do paralelo 28 e adequado à empreitada. Assim, Barbicane, montado, examinava com atenção a configuração do terreno e sua distribuição particular.

A Flórida, onde Juan Ponce de Léon chegou em 1512, no Domingo de Ramos, foi a princípio batizada pelos espanhóis de Pascua Florida. O nome charmoso era pouco merecido, considerando as encostas áridas e queimadas. Porém, um pouco mais distante dos rios, a natureza do terreno mudava pouco a pouco, e o estado se mostrou digno do nome: a terra era entrecortada por uma rede de riachos, arroios, cursos d'água, lagos, lagoinhas, e parecia até a Holanda ou a Guiana. Porém, o interior era bem elevado e logo revelou suas planícies cultivadas, onde floresciam todas as produções vegetais do norte e do sul, seus campos imensos onde o sol tropical e a água conservada na argila serviam de recursos para o cultivo, e finalmente seus prados de abacaxi, inhame, tabaco, arroz, algodão e cana de açúcar, que se estendiam até perder de vista, espalhando suas riquezas com generosidade tranquila.

Barbicane pareceu bem satisfeito ao constatar a elevação progressiva do terreno. J. T. Maston o questionou quanto à reação, e ele respondeu:

— Meu caro amigo, é nosso maior interesse instalar nosso canhão em terras altas.

— Para estarmos mais perto da Lua? — exclamou o secretário do Gun Club.

---

3. Ou 15.365.440 hectares.

— Não! — respondeu Barbicane, sorridente. — Que diferença fazem mais ou menos toesas de altitude? Não, é que, no terreno mais elevado, a obra será mais fácil; não teremos que lidar com a água, o que evitará tubulações compridas e custosas, fato que devemos considerar, pois pretendemos perfurar um fosso de novecentos pés de profundidade.

— Tem razão — disse o engenheiro Murchison. — É preciso, dentro do possível, evitar os cursos d'água durante a perfuração. Porém, se encontrarmos fontes, não é grave; nós as esgotaremos com máquinas ou desviaremos seu curso. Não estamos falando de um poço artesiano,[4] estreito e obscuro, onde o macho, a bucha, a sonda, em suma, todas as ferramentas do perfurador, trabalham às cegas. Não. Trabalharemos a céu aberto, ao ar livre, com a picareta e o picador na mão e, se a mina colaborar, avançaremos rápido.

— Contudo, se, pela elevação ou natureza do solo, pudermos evitar o confronto com a água subterrânea, o trabalho será mais ágil e mais perfeito. Então, busquemos abrir nossa trincheira em um terreno situado a algumas centenas de toesas acima do nível do mar.

— O senhor tem razão, sr. Barbicane, e, se eu não estiver enganado, encontraremos quanto antes um local adequado.

— Ah! Eu gostaria de estar presente no primeiro golpe da picareta — disse o presidente.

— E eu, no último! — exclamou J. T. Maston.

— Logo chegaremos lá, senhores — respondeu o engenheiro —, e, acreditem em mim, a empresa de Goldspring não precisará pagar a multa pelo atraso.

— Por Santa Bárbara! Que tenha razão! — disse J. T. Maston. — Cem dólares ao dia até que a Lua se apresente nas mes-

---

4. Os franceses demoraram nove anos para completar o poço de Grenelle, com 547 metros de profundidade.

mas condições, ou seja, dezoito anos e onze dias, resulta em 658.100 dólares de multa, sabiam?

— Não, senhor, não sabemos e não teremos razão para aprender — respondeu o engenheiro.

A cidade de Tampa antes da operação.

Por volta das 10h, a pequena tropa tinha atravessado mais de dez milhas. Ao campo fértil se seguia, então, a região florestada. Lá cresciam as essências mais variadas, em profusão tropical. Eram florestas quase impenetráveis, compostas de romãs, laranjeiras, limoeiros, figueiras, oliveiras, damasqueiros, bananeiras e pés enormes de videira, cujas frutas e flores rivalizavam em cor e perfume. À sombra cheirosa dessas árvores magníficas cantava e voava um mundo de pássaros de cores brilhantes, em meio aos quais se distinguia particularmente os que viviam a caçar caranguejos e cujo ninho devia ser uma caixinha de joias para ser digno de tamanha preciosidade emplumada.

J. T. Maston e o major não conseguiam se encontrar na presença de tal natureza opulente sem admirar suas belezas esplêndidas.

Já o presidente Barbicane, pouco sensível a tais maravilhas, tinha pressa de avançar. Aquelas terras tão férteis o desagradavam exatamente pela fertilidade. Sem outro talento hidroscópico, ele sentia a água sob os passos e buscava, em vão, sinais de incontestável aridez.

E assim, avançaram. Foi preciso atravessar vários rios, inclusive sob certo perigo, pois eram infestados por jacarés de cerca de quinze a dezoito pés de comprimento. J. T. Maston, audaz, os ameaçou com seu temível gancho, mas só conseguiu assustar os pelicanos, marrecos e rabos-de-palha, habitantes silvestres das ribeiras, enquanto enormes flamingos vermelhos o olhavam com ar bobo.

Por fim, esses anfitriões das terras úmidas também sumiram; as árvores menores se espalharam nos bosques menos densos; alguns grupos isolados se destacaram em meio às planícies infinitas pelas quais passavam bandos de gamos arredios.

— Enfim! Eis a região dos pinheiros! — exclamou Barbicane, levantando-se nos estribos.

— E dos selvagens — respondeu o major.

Atravessando diversos rios a vau.

De fato, apareciam alguns seminoles no horizonte: estavam agitados, correndo de um lado para o outro montados em cavalos rápidos e brandindo lanças compridas ou disparando as espingardas de detonação seca. Porém, limitaram-se a essas demonstrações hostis, sem incomodar Barbicane e companhia.

Estes, por sua vez, ocupavam o meio de uma planície rochosa, um espaço vasto e descoberto com extensão de vários acres, que o sol inundava de raios ardentes. Era formada por uma grande protuberância do terreno, que parecia oferecer aos membros do Gun Club todas as condições necessárias para estabelecer seu canhão.

— Alto! — disse Barbicane, detendo-se. — Este local tem um nome na região?

— Leva o nome de Stone Hill[5] — respondeu um nativo da Flórida.

Barbicane, sem dizer uma palavra que fosse, pisou na terra, pegou os instrumentos e começou a medir a posição com precisão extrema. A pequena tropa, parada a seu redor, o examinava em silêncio profundo.

Naquele momento, o sol passou pelo meridiano. Barbicane, após alguns instantes, calculou às pressas o resultado da observação e declarou:

— Este local se situa a trezentas toesas acima do nível do mar, em 27°7' de latitude e 5°7' de longitude oeste.[6] Me parece oferecer, por sua natureza árida e rochosa, todas as condições favoráveis à experiência. Portanto, será nesta planície que ergueremos nossos depósitos, nossas oficinas, nossos fornos, as cabanas dos operários, e é daqui, daqui mesmo — repetiu, batendo o pé no cume de Stone's Hill —, que nosso projétil decolará para o espaço!

---

5. Colina das pedras.

6. Pelo meridiano de Washington. As medidas francesas em relação ao meridiano de Paris seriam diferentes.

14

PICARETA E ESPÁTULA

Na mesma noite, Barbicane e seus companheiros voltaram para Tampa, e o engenheiro Murchison embarcou no *Tampico* de volta a Nova Orleans. Estava encarregado de contratar um exército de operários e buscar a maior parte do material. Os membros do Gun Club continuaram em Tampa, a fim de organizar as primeiras obras com o auxílio da população local.

Oito dias após partir, o *Tampico* voltou à baía do Espírito Santo com uma flotilha de barcos a vapor. Murchison tinha reunido 1.500 trabalhadores. Nos dias difíceis da escravidão, ele teria perdido tempo e se esforçado à toa. Porém, quando a América, terra da liberdade, passou a contar apenas com homens livres, eles vinham correndo para onde se oferecesse mão de obra bem-remunerada. Dinheiro não faltava ao Gun Club; eles ofereciam aos funcionários um pagamento generoso, com gratificações consideráveis e proporcionais. Os operários contratados para a Flórida podiam contar, após a conclusão da obra, com um depósito em seu nome no banco de Baltimore. Murchison, portanto, teve amplas opções e pôde se mostrar criterioso com a inteligência e habilidade dos empregados. É possível considerar que ele alistou em sua laboriosa legião a elite dos mecânicos, foguistas, operadores de fundição, caleiros, mineiros, ladrilheiros e todo tipo de servente, branco ou negro, sem distinção de cor. Muitos deles levavam também a família. Era uma verdadeira migração.

No dia 31 de outubro, às 10h, a tropa toda desembarcou no cais de Tampa. Há de se entender o movimento e a atividade que reinaram na cidadezinha, cuja população dobrou de um dia para o outro. Na realidade, Tampa tinha muito a ganhar com a iniciativa do Gun Club, não pela quantidade de operários que de imediato foram conduzidos a Stone's Hill, mas graças à afluência de curiosos que convergiram, pouco a pouco, na península floridense, vindo de todo canto do mundo.

Durante os primeiros dias, a função foi descarregar as ferramentas trazidas pela flotilha, as máquinas, os víveres, e também a grande quantidade de peças desmontadas e numeradas de chapas metálicas que comporiam as casas. Ao mesmo tempo, Barbicane começava a preparar o terreno para uma ferrovia de quinze milhas que conectaria Stone's Hill a Tampa.

Sabe-se em que condições se constrói o caminho de ferro americano: de desvios inconstantes e inclinações ousadas, despreza guarda-corpos, pontes e túneis, escala pelas colinas e desaba pelos vales, a ferrovia corre às cegas e sem se preocupar com a linha reta; não custa caro nem atrapalha, só se descarrilha e salta livremente. A ferrovia de Tampa a Stone's Hill foi mera bagatela, sem exigir muito tempo nem dinheiro para se estabelecer.

De resto, Barbicane era a alma daquela gente que acudira a voz dele. Ele a animava, lhe transmitia seu fôlego, seu entusiasmo, sua convicção. Estava em todo lugar, como se dotado do dom da ubiquidade, sempre acompanhado de J. T. Maston, como uma mosca que zumbia às suas costas. Seu jeito prático engenhava mil invenções. Com ele, não havia obstáculos, não existia dificuldade, nunca surgia complicação; ele era mineiro, pedreiro e mecânico, além de artilheiro, e tinha resposta para todas as perguntas e solução para todos os problemas. Mantinha correspondência ativa com o Gun Club e a usina de Goldspring e, dia e noite, de fogo aceso e vapor na pressão, o *Tampico* aguardava suas ordens na baía de Hillsborough.

Barbicane, no dia 1º de novembro, saiu de Tampa com um destacamento de operários e, no dia seguinte, uma vila de casas temporárias se ergueu ao redor de Stone's Hill. A área foi cercada de paliçadas e, pelo movimento e pelo ardor, seria fácil confundi-la com uma das maiores cidades da União. A vida ali era regida com disciplina, e as obras começaram em perfeita ordem.

Sondagens cuidadosas tinham possibilitado conhecer a natureza do terreno, e a perfuração pôde começar no dia 4 de novembro. Foi então que Barbicane reuniu seus mestres de obra e declarou:

— Caros amigos, vocês sabem por que os reuni nesta parte selvagem da Flórida. Devemos fabricar um canhão com nove pés de diâmetro interno, seis pés de espessura e dezenove pés e meio de revestimento de pedra; no total, então, é preciso cavar um poço de sessenta pés de largura e novecentos de profundidade. Esta obra considerável precisa ser concluída em oito meses; ou seja, vocês têm 2.543.400 pés cúbicos de terra a extrair em 255 dias, ou, em números redondos, 10 mil pés cúbicos por dia. Não seria dificuldade alguma para mil operários trabalhando a braçadas vigorosas, mas será mais sofrível neste espaço um pouco restrito. Entretanto, como o trabalho deve ser feito, feito será, e conto com a coragem, além da habilidade de vocês.

Às 8h, a primeira picareta tocou o solo da Flórida, e, daquele momento em diante, a valente ferramenta não se viu ociosa por um instante sequer na mão dos mineiros. Os operários trabalhavam em turnos alternados de seis horas.

Por mais colossal que fosse a empreitada, ela nunca ultrapassava o limite da força humana. Nem de longe. Apenas serviços de dificuldade mais concreta, nos quais os elementos precisaram ser diretamente combatidos e que foram terminados como era devido! Para comparar apenas com obras semelhantes, basta citar o Poço de José, construído próximo do Cairo pelo sultão Saladino em uma época em que as máquinas ainda não tinham aparecido para multiplicar a força do homem, mas que chega ao nível do Nilo, uma profundidade de trezentos pés! E o poço construído em Koblenz pelo margrave João II de Baden, penetrando o solo em seiscentos pés! Ora! De que se tratava, afinal? Triplicar tal profundidade, mas com uma largura dez vezes maior, o que facilitava a perfuração! Portanto, nem um contramestre, nem um operário sequer duvidava do sucesso do serviço.

Uma decisão importante tomada pelo engenheiro Murchison, com o aval do presidente Barbicane, possibilitou acelerar ainda mais o avanço da obra. Um artigo do contrato determinava que o columbíade seria cingido por círculos de ferro forjado a quente. Tratava-se de um exagero de precaução inútil, pois era claro que a máquina não necessitava daqueles anéis compressores. Por isso, renunciou-se à cláusula, o que resultou em considerável economia no tempo, pois foi possível empregar o novo sistema de escavação adotado na construção de poços, por meio do qual a alvenaria é feita em simultâneo à perfuração. Graças a esse procedimento simplíssimo, não é mais necessário escorar a terra com esteios, porque a muralha a contém com potência inabalável e desce sozinha, devido ao próprio peso.

Tal manobra deveria começar apenas quando a picareta atingisse a parte sólida do solo.

No dia 4 de novembro, cinquenta operários cavaram, bem no meio da área cercada, ou seja, na parte superior de Stone's Hill, um buraco circular com sessenta pés de largura.

A picareta encontrou, de início, uma espécie de húmus com espessura de seis polegadas da qual se livrou sem demora. A essa camada, seguiram-se dois pés de uma areia fina que foi retirada com cautela, pois deveria servir para a confecção do molde interno.

Após a areia surgiu uma argila branca bastante compacta, semelhante à marga inglesa, acumulada na espessura de quatro pés.

Foi então que o metal da picareta fez faíscas na camada dura do solo, uma espécie de rocha formada por conchas petrificadas, muito seca e muito sólida, que as ferramentas não conseguiam mais retirar. Neste momento, o buraco tinha 6,5 pés de profundidade, e começou o trabalho de alvenaria.

No fundo da escavação construíram uma roda de carvalho, um tipo de disco aparafusado com força, cuja solidez era incomparável; no centro, era perfurado em um diâmetro equivalente ao diâmetro externo do canhão. Foi sobre esta roda que repousaram as primeiras bases de alvenaria, onde o cimento hidráulico cobria as pernas com tenacidade inflexível. Os pedreiros, após construir da circunferência ao centro, acabaram no fundo de um poço de 21 pés de largura.

Ao concluir esta obra, os mineiros retomaram a picareta e a espátula e atacaram a rocha sob a própria roda, com o cuidado de sustentá-la, conforme avançavam, em "tins"[1] de solidez incomparável. Sempre que o buraco ganhava dois pés de profundidade, tiravam os cavaletes em sequência; assim, a roda abaixava aos poucos e, com ela, o anel maciço de alvenaria, em cuja camada superior os pedreiros trabalhavam sem cessar, sempre reservando respiradouros que deveriam permitir que o gás escapasse durante a fundição.

Esse tipo de trabalho exigia extrema habilidade dos operários, além de atenção constante; mais de um mineiro, ao cavar sob a roda, foi ferido por lascas de pedra, com consequências

---

1. Espécie de cavalete.

graves, até fatais. Contudo, o fervor não desacelerava um minuto que fosse, dia e noite: de dia, sob os raios do sol que, alguns meses depois, derramava 99° Fahrenheit[2] de calor naquelas planícies calcinadas; e à noite, sob os lençóis brancos da luz elétrica, o barulho das picaretas na rocha, a detonação das minas, o rangido das máquinas, o turbilhão da fumaça espessa no ar desenhavam ao redor de Stone's Hill um círculo de terror que nem os bandos de bisões, nem os destacamentos de seminoles ousavam atravessar.

A obra, entretanto, avançava com regularidade. Gruas a vapor ativavam a retirada de material, e os obstáculos inesperados não surgiram, apenas dificuldades previstas, das quais a equipe saía com habilidade.

Tendo passado o primeiro mês, o poço atingira a profundidade determinada para aquele período, ou seja, 112 pés. Em dezembro, a profundidade foi dobrada, e em janeiro, triplicada. Durante o mês de fevereiro, os funcionários tiveram que lutar contra um lençol d'água que apareceu, atravessando a crosta terrestre. Foi preciso utilizar bombas poderosas e aparelhos de ar comprimido para esgotá-lo e enfim cimentar o orifício da fonte, como se entope uma entrada de água a bordo de um navio. Acabaram prevalecendo sobre essas correntezas infelizes. No entanto, a roda cedeu parcialmente devido à mobilidade da terra, levando a um deslizamento também parcial. Imaginemos o peso apavorante daquele disco de alvenaria que chegava a quase 75 toesas de altura! O acidente custou a vida de vários funcionários.

Tiveram que dedicar três semanas a escorar o revestimento de pedra, reforçar a sustentação e restabelecer a condição sólida da roda. Graças à habilidade do engenheiro e à potência das

---

2. Ou 40°C.

máquinas utilizadas, a construção antes prejudicada recobrou o prumo, e a perfuração continuou.

Nenhum novo acidente interrompeu o avanço da obra, e, no dia 10 de junho, vinte dias antes do prazo determinado por Barbicane, o poço, já todo revestido por sua estrutura de pedra, atingiu a profundidade de novecentos pés. No fundo, a alvenaria se apoiava em um cubo maciço de trinta pés de espessura, enquanto a parte superior encontrava o chão.

O presidente Barbicane e os membros do Gun Club parabenizaram acaloradamente o engenheiro Murchison; o trabalho colossal fora concluído em condições de rapidez extraordinária.

Durante aqueles oito meses, Barbicane não saiu de Stone's Hill nem por um instante. Enquanto acompanhava de perto a obra de perfuração, ele se preocupava a todo momento com o bem-estar e a saúde dos trabalhadores e teve muita sorte de evitar as epidemias comuns às grandes aglomerações de homens, tão desastrosas naquelas regiões do globo expostas às influências tropicais.

É verdade que diversos operários pagaram com a vida pelas imprudências inerentes àquela obra perigosa. Tais infortúnios deploráveis são inevitáveis, e são detalhes com os quais os americanos se preocupam pouco. Eles dão mais atenção à humanidade em geral do que ao indivíduo em particular. Barbicane, entretanto, proferia princípios contrários e os seguia em toda ocasião. Assim, graças a seu cuidado, sua inteligência, sua intervenção útil nos casos difíceis, sua sagacidade prodigiosa e humana, a média de catástrofes não ultrapassou aquela dos países além-mar citados por seu excesso de precaução, dentre eles, a França, onde se contabiliza cerca de um acidente a cada 200 mil francos de obra.

15

A FESTA DA FUNDIÇÃO

Ao longo dos oito meses dedicados à perfuração, também conduziram com extrema rapidez os preparativos da fundição. Um estrangeiro que chegasse a Stone's Hill ficaria estupefato diante do espetáculo à sua frente.

A seiscentas jardas do poço, erguiam-se 1.200 fornos de reverberação dispostos em círculo ao redor do centro, cada um com seis pés e separados entre si por um intervalo de meia toesa. A circunferência delimitada por esses fornos media duas milhas.[1] Foram todos construídos seguindo o mesmo modelo, com uma chaminé quadrangular alta, e causavam uma impressão muito singular. J. T. Maston achava admirável tal disposição arquitetônica, que lhe lembrava os monumentos de Washington. Para ele, não existia nada de mais belo, nem mesmo na Grécia, "onde, por sinal", dizia, "nunca estivera".

Lembremos que, na terceira sessão, o comitê decidiu empregar ferro fundido para o canhão, e, mais especificamente, o ferro fundido cinzento. Essa liga metálica é, de fato, mais tenaz, mais dúctil, mais flexível, fácil de moldar e adequada para qualquer operação de modelagem, e, quando tratada com carvão mineral, tem qualidade superior para peças de grande resistência, como canhões, cilindros de motor a vapor, prensas hidráulicas etc.

---

1. Cerca de 3.600 metros.

Porém, o ferro fundido quase nunca fica homogêneo o suficiente após apenas uma fusão, e é na segunda fusão que se depura, refina e livra dos últimos depósitos terrosos.

Portanto, antes de ser enviado a Tampa, o minério de ferro, tratado nos altos-fornos de Goldspring e misturado a carvão e silício aquecido a altas temperaturas, foi carburado e transformado em ferro fundido.[2] Após a primeira operação, o metal foi levado a Stone's Hill. Contudo, tratava-se de 136 milhões de libras de liga metálica, volume custoso demais para transportar por ferrovia; o preço do transporte seria o dobro do preço do material. Pareceu preferível fretar navios em Nova York e enchê-los de barras de ferro; foram necessárias 68 embarcações de mil tonéis, uma verdadeira frota que, no dia 3 de maio, saiu do cais de Nova York, tomou a via oceânica, circundou as costas americanas, adentrou o canal das Bahamas, deu a volta na ponta da Flórida e, no dia 10 do mesmo mês, subiu pela baía do Espírito Santo e ancorou sem danos no porto de Tampa. Lá, os navios foram descarregados nos vagões da ferrovia de Stone's Hill e, por volta do meio de janeiro, a enorme massa de metal fora entregue ao destino.

É fácil perceber que não era exagero dedicar 1.200 fornos a liquefazer, ao mesmo tempo, 60 mil toneladas de ferro fundido. Cada forno tinha capacidade aproximada de 114 mil libras de metal; eles tinham sido baseados nos fornos que fundiram o canhão de Rodman, em forma trapezoidal e muito rebaixados. O aquecedor e a chaminé se encontravam nas extremidades opostas do forno, de modo a deixá-lo aquecido uniformemente por toda a extensão. Esses fornos, construídos em tijolos refratários, eram compostos apenas de uma grelha para queimar o

---

2. Ao remover o carbono e o silício pela afinagem no forno, o ferro fundido vira ferro dúctil.

carvão mineral e de um "braseiro" no qual eram depositadas as barras de ferro fundido; o braseiro, inclinado no ângulo de 25 graus, possibilitava que o metal escorresse para as bacias receptoras, de onde 1.200 canaletas convergentes o conduziam ao poço central.

O trabalho continua.

No dia seguinte à conclusão das obras de alvenaria e perfuração, Barbicane procedeu à confecção do molde interior; era preciso erguer, no centro do poço e seguindo seu eixo, um cilindro de novecentos pés de altura e nove de largura, que ocupasse exatamente o espaço determinado para a alma do cano do canhão. O cilindro foi composto por uma mistura de terra argilosa e areia, acrescida de feno e palha. O intervalo deixado entre o molde e a alvenaria deveria ser preenchido de metal fundido, formando assim um revestimento de seis pés de espessura.

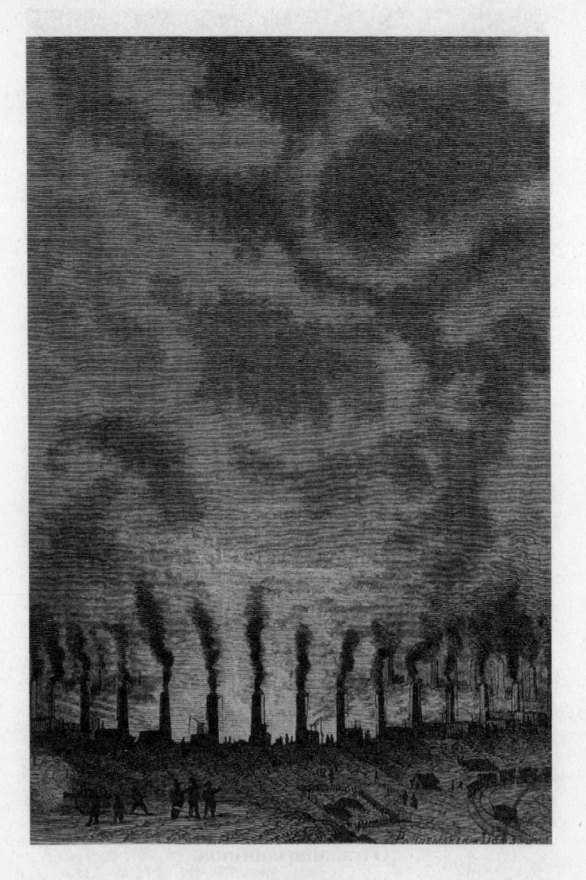

A fundição.

O cilindro, para não perder o equilíbrio, deveria ser consolidado por estruturas de ferro e fixado, de tanto em tanto, por vigas transversais ao revestimento de pedra. Após a fundição, as vigas acabariam perdidas no bloco de metal, o que não era inconveniente algum.

Essa etapa terminou no dia 8 de julho, e o derretimento foi marcado para o dia seguinte.

— Será uma bela cerimônia, essa festa da fundição — disse J. T. Maston ao amigo Barbicane.

— Sem dúvida — respondeu Barbicane —, mas não será uma festa pública!

— Como assim? Não quer abrir as portas da vila para todos?

— Vamos nos poupar, Maston. A fundição é uma operação delicada, quiçá até perigosa, e prefiro que ocorra em ambiente mais restrito. No disparo do projétil, podemos dar uma festa, se quisermos, mas, até lá, não.

O presidente tinha razão: a operação poderia apresentar perigos imprevistos, que um alto fluxo de espectadores impediria de conter. Era preciso conservar a liberdade de movimento. Portanto, ninguém foi admitido àquele espaço, exceto por uma delegação de membros do Gun Club que vieram de Tampa. Apareceram o arrogante Bilsby, Tom Hunter, o coronel Blomsberry, o major Elphiston, o general Morgan e *tutti quanti*, para quem a fundição do columbíade se mostrava pessoal. J. T. Maston se declarara cicerone do grupo e não os poupou de um detalhe sequer; ele os conduziu para todos os lados, para os depósitos, para os ateliês, para o meio das máquinas, e os obrigou a visitar os 1.200 fornos, um após o outro. Na milésima ducentésima visita, a comitiva já estava um pouco enjoada.

A fundição deveria começar ao meio-dia em ponto. Na véspera, cada forno fora carregado com 114 mil libras de barras de metal, dispostas em pilhas cruzadas, para que o ar quente circulasse entre elas sem empecilhos. Desde a manhã, as 1.200 chaminés vomitavam chamas torrenciais na atmosfera, e o chão era agitado por trepidações surdas. Quanto mais libras de metal a fundir, mais libras de carvão a queimar. Tratava-se, portanto, de 68 mil toneladas de carvão, que cobriam o sol com uma cortina grossa de fumaça escura.

O calor logo tornou-se insuportável no círculo de fornos cujos roncos lembravam o estrondo do trovão. Ventiladores potentes se juntavam com o sopro contínuo, saturando de oxigênio todos aqueles ambientes incandescentes.

O sucesso da operação dependia da rapidez. Após o sinal de um disparo de canhão, os fornos todos deveriam abrir a passagem da liga líquida e se esvaziar por inteiro.

Tendo tomado as disposições necessárias, os mestres e operários aguardaram o momento determinado com impaciência mesclada a certa emoção. Não havia mais ninguém na área, e os contramestres da fundição se preparavam a postos, perto das aberturas de escoamento.

Barbicane e seus colegas, instalados em uma elevação próxima, assistiam à operação. Diante deles, um canhão estava pronto a disparar ao sinal do engenheiro.

Alguns minutos antes do meio-dia, as primeiras gotas de metal começaram a transbordar; as bacias receptoras encheram aos poucos e, quando o ferro fundido estava todo líquido, foi mantido em repouso por alguns instantes, a fim de facilitar a separação de substâncias estranhas.

Deu meio-dia. Um tiro de canhão estourou de repente, disparando ao ar seu clarão fulvo. As 1.200 aberturas de escoamento foram liberadas ao mesmo tempo, e 1.200 serpentes de fogo se arrastaram para o poço central, desenrolando seus anéis incandescentes. Lá, se precipitaram, com um estrépito apavorante, à profundidade de novecentos pés. Era um espetáculo comovente e magnífico. A terra tremia, enquanto os rios de ferro, lançando ao céu turbilhões de fumaça, volatilizavam ao mesmo tempo a umidade do molde e a emanavam pela ventilação do revestimento de pedra em forma de vapor impenetrável. Tais nuvens artificiais desenrolavam espirais espessas, erguendo-se ao zênite até atingir uma altura de quinhentas toesas. Algum desavisado que vagasse além dos limites do horizonte poderia acreditar na formação de uma nova cratera no seio da Flórida, embora não se tratasse de erupção, de dilúvio, de tormenta, de nenhuma luta entre os elementos, tampouco nenhum fenômeno terrível que a natureza é capaz de produzir! Não! O ser humano criara sozinho esses vapores avermelhados, essas chamas gigantescas e dignas de vulcão, essas trepidações ruidosas e comparáveis aos tremores de um terremoto, esses uivos que rivalizariam com furacões e tempestades, e foi sua própria mão que precipitou, em um abismo de sua criação, um Niágara inteiro de metal em fusão.

16

O CANHÃO

A fundição fora bem-sucedida? Só se podia especular. Entretanto, tudo indicava sucesso, pois o molde absorvera todo o metal liquefeito das fornalhas. De todo modo, levaria muito tempo para confirmarem diretamente.

Na verdade, quando o major Rodman fundiu seu canhão de 160 mil libras, precisou de mais de quinze dias para o resfriamento. Quanto tempo, então, o monstruoso canhão columbíade, coroado de turbilhões de vapor e cercado de calor intenso, levaria para revelar-se aos olhos dos admiradores? Era difícil calcular.

A impaciência dos membros do Gun Club foi posta à prova nesse período. Porém, não havia o que fazer. J. T. Maston estava prestes a se assar por devoção. Quinze dias após a fundição, uma pluma imensa de fumaça ainda se erguia ao céu, e o chão queimava os pés de quem pisasse a um raio de duzentos passos ao redor do cume de Stone's Hill.

Os dias passaram, as semanas se somaram, e nada de resfriar o cilindro imenso. Impossível se aproximar. Era preciso aguardar, e os membros do Gun Club já estavam perdendo a cabeça.

— Chegamos ao 10 de agosto — disse J. T. Maston, certa manhã. — Faltam apenas quatro meses para 1º de dezembro! Ainda temos que tirar o molde interno, calibrar a alma do cano, carregar o canhão, tudo isso! Não estaremos prontos! Não dá nem para chegar perto do canhão! Será que nunca vai esfriar?! Isso, sim, seria um embuste cruel!

Tentaram acalmar o secretário impaciente, sem sucesso. Barbicane não dizia nada, mas seu silêncio escondia a irritação discreta. Ver-se impedido por um obstáculo sobre o qual apenas o tempo poderia prevalecer — o tempo, que, naquela circunstância, era um temível inimigo — e estar à mercê de um inimigo era difícil para os profissionais da guerra.

No entanto, observações cotidianas constataram certas mudanças no estado do solo. Por volta do 15 de agosto, o vapor projetado diminuíra em grau perceptível, tanto em intensidade, quanto em espessura. Alguns dias depois, o terreno já emanava apenas uma névoa suave, o último fôlego do monstro enjaulado no caixão de pedra. Pouco a pouco, os tremores da terra se acalmaram, e o círculo de calor ficou mais restrito; os espectadores mais impacientes se acercaram — um dia, avançaram duas toesas, no seguinte, quatro, e, no 22 de agosto, Barbicane, seus colegas e o engenheiro puderam se instalar na camada de ferro fundido que aflorava o cume de Stone's Hill, um local decerto salubre onde ainda não era possível sentir frio nos pés.

— Finalmente! — exclamou o presidente do Gun Club, com um imenso suspiro de satisfação.

A obra recomeçou naquele mesmo dia. De imediato deram prosseguimento à extração do molde interno, a fim de liberar a alma do cano. A picareta, a espátula e as ferramentas funcionaram sem descanso; a terra argilosa e a areia tinham adquirido dureza extrema sob efeito do calor, mas, com auxílio das máquinas, os operários foram vitoriosos contra a mistura ainda fervendo no contato com o ferro fundido. O material extraído foi sem demora levado embora em carroças a vapor, e tudo foi tão bem-feito, a dedicação ao trabalho foi tamanha, a intervenção de Barbicane, tão insistente, e seus argumentos, apresentados de forma tão convincente em dólares, que, no dia 3 de setembro, não restava o menor sinal do molde.

Logo começou a calibragem: instalaram as máquinas sem delongas e na mesma velocidade manobraram fresas poderosas, cuja lâmina devorou as rugosidades do ferro. Algumas semanas depois, a superfície interna do tubo imenso estava perfeitamente cilíndrica, e a alma do cano, perfeitamente polida.

Por fim, no dia 22 de setembro, menos de um ano depois do discurso de Barbicane, o enorme aparato, calibrado a rigor e de verticalidade absoluta, erguido por meio de instrumentos delicados, estava pronto para funcionar. Restava apenas aguardar a Lua, mas era certo que ela não faltaria ao compromisso.

A alegria de J. T. Maston não tinha mais limites, e ele quase levou um tombo vertiginoso ao mergulhar o olhar no tubo de novecentos pés. Sem o braço direito de Blomsberry, que o digno coronel felizmente conservara, o secretário do Gun Club, como um novo Heróstrato, teria ido ao encontro da morte nas profundezas do canhão.

A construção estava concluída, e não havia mais dúvidas quanto a seu funcionamento perfeito; assim, no dia 6 de outubro, o capitão Nicholl, apesar de tudo, se resignou e pagou ao presidente Barbicane, que registrou em sua contabilidade, no campo da receita, o valor de 2 mil dólares. É possível crer que a ira do capitão chegou ao limite, levando a uma doença. Contudo, ainda havia três apostas, de 3, 4 e 5 mil dólares, e, desde que ele ganhasse duas delas, o resultado não seria ruim, embora também não fosse excelente. Porém, o dinheiro mal contava em suas prioridades, e o sucesso obtido pelo rival na fundição de um canhão ao qual placas de dez toesas não resistiriam o afetou sobremaneira.

A partir do dia 23 de setembro, a vila de Stone's Hill foi aberta ao público, e é fácil entender o fluxo de visitas.

Inúmeros curiosos, vindos de todos os cantos dos Estados Unidos, convergiam na Flórida. A cidade de Tampa tinha crescido de forma espetacular ao longo do ano, toda consagrada ao trabalho do Gun Club, e no momento contava com uma população de 150 mil habitantes. Depois de englobar o forte Brooke com uma rede de ruas, ela se estendia pela língua de terra que separa as duas radas da baía do Espírito Santo. Novos bairros, novas praças, uma floresta inteira de casas tinham nascido naquela orla antes deserta, sob o calor do sol americano. Companhias tinham sido fundadas para erguer igrejas, escolas e moradias, e, em menos de um ano, a dimensão da cidade foi multiplicada por dez.

Sabe-se que os ianques são comerciantes natos; em qualquer lugar a que o destino os leve, da zona glacial à tórrida, seu instinto para os negócios se demonstra útil. É por isso que simples curiosos, gente que fora à Flórida apenas para acompanhar o trabalho do Gun Club, acabaram se envolvendo nas operações comerciais assim que se instalaram em Tampa. Os navios fretados para transportar matéria-prima e operários deram ao porto uma atividade sem precedentes. Logo outras embarcações, de todos os tamanhos e capacidades, carregando víveres, suprimentos e mercadorias, atravessavam a baía e as duas radas; agências vastas de armadores e escritórios de corretores se estabeleceram na cidade, e o periódico marítimo *Shipping Gazette*[1] registrava todo dia os recém-chegados ao porto de Tampa.

Enquanto as rotas se multiplicavam ao redor da cidade, esta, por consideração ao crescimento prodigioso da população e do comércio, enfim foi conectada pela ferrovia aos estados meridionais da União. Uma estrada de ferro ligava Mobile a Pensacola, o grande arsenal marítimo do sul; em seguida, a partir daquela parada importante, seguia para Tallahassee. Lá já existia um pequeno trecho de via férrea, com 21 milhas de comprimento, por meio da qual Tallahassee se comunicava com St. Marks, na beira

---

1. Gazeta marítima.

do mar. Foi esse caminho menor que se prolongou até Tampa, revigorando a rota e despertando trechos mortos ou adormecidos da Flórida central. Foi assim que Tampa, graças às maravilhas industriais devidas à ideia que brotou certo dia no cérebro de um homem, pôde assumir justamente o papel de cidade grande. Ela foi apelidada de Moon City, a cidade da Lua, e a capital das Flóridas sofreu um eclipse total, visível de todos os cantos do mundo.

Agora, todos compreendemos por que a rivalidade foi tamanha entre o Texas e a Flórida, além do motivo da irritação dos texanos ao ver suas pretensões rejeitadas pela decisão do Gun Club. Em sua sagacidade previdente, eles tinham entendido o que um estado ganharia com o experimento de Barbicane e as vantagens que acompanhariam um tiro de canhão daqueles. O Texas perdeu um vasto centro comercial, estradas de ferro e um crescimento populacional considerável. Todos esses benefícios foram dirigidos àquela miserável península floridense, largada como uma paliçada entre a maré do golfo e as ondas do Atlântico. Assim, Barbicane compartilhava com o general Santa Anna todas as antipatias texanas.

Entretanto, embora dedicada ao fervor comercial e ao ímpeto industrial, a nova população de Tampa não esqueceu as interessantes operações do Gun Club. Muito pelo contrário. Os mínimos detalhes da empreitada, o menor dos movimentos das picaretas, a entusiasmavam. Era um vaivém incessante entre a cidade e Stone's Hill, uma procissão, ou, melhor ainda, uma verdadeira peregrinação.

Previa-se que, no dia do experimento, a aglomeração de espectadores chegaria à casa dos milhões, pois eles já vinham de todo canto para se amontoar naquela faixa de terra estreita. A Europa migrava para a América.

No entanto, até então, é preciso admitir, a curiosidade dos muitos recém-chegados encontrara satisfação apenas medíocre. Muitos contavam com o espetáculo da fundição, mas viram apenas a fumaça. Era pouco para aqueles olhos ávidos, mas Barbicane não queria permitir a entrada de ninguém durante a operação. Resultaram resmungos, reclamações, rancor; culpavam o presidente, tachado de absolutista, e seu processo foi declarado "pouco americano". Quase ocorreu um motim ao redor das paliçadas de Stone's Hill. Barbicane, como sabemos, se manteve firme na decisão.

A cidade após a operação.

Porém, quando se deu o término do canhão, não foi possível manter o cerco fechado; seria falta de educação fechar as portas, até mesmo imprudência frustrar assim o sentimento do público. Portanto, Barbicane abriu os portões para todos que viessem; mas, motivado por um caráter prático, decidiu arrecadar dinheiro com aquela curiosidade.

Contemplar o imenso canhão já era muito, mas descer às profundezas dele era o que parecia aos americanos o *nem plus ultra* da felicidade terrestre. Assim, não havia um curioso sequer que não quisesse o prazer de visitar por dentro o abismo de metal. Aparelhos foram suspensos em um guincho a vapor para que os espectadores satisfizessem sua curiosidade. Foi um furor. Mulheres, crianças, idosos, todos se obrigaram a penetrar a alma profunda e misteriosa do canhão colossal. O preço da descida foi fixado em cinco dólares por pessoa, e, apesar da elevação, durante os dois meses que antecederam o experimento, o fluxo de visitas permitiu que o Gun Club acumulasse quase 500 mil dólares.

Nem precisamos dizer que os primeiros visitantes do columbíade foram os membros do Gun Club, vantagem justamente reservada à ilustre assembleia. A solenidade ocorreu no 25 de setembro. Uma cabine de honra desceu o presidente Barbicane, J. T. Maston, o major Elphiston, o general Morgan, o coronel Blombeberry, o engenheiro Murchison e outros membros distintos do célebre clube. Eram dez no total. Ainda fazia muito calor no fundo do tubo metálico comprido. Era um pouco sufocante! Mas que alegria! Que orgulho! Uma mesa posta para dez fora instalada na base de pedra que sustentava o canhão, iluminada a *giorno* por um foco de luz elétrica. Diversos pratos deliciosos, que pareciam vindos do céu, viam-se dispostos em sucessão diante dos convivas, e os melhores vinhos da França se derramaram em profusão durante a esplêndida refeição servida novecentos pés abaixo da terra.

A comemoração no interior do columbíade.

O banquete foi muito animado, até ruidoso; múltiplos brindes se cruzaram; beberam em nome do globo terrestre, do satélite, do Gun Club, da União, da Lua, de Febe, de Diana, de Selene, do astro noturno, da mensageira tranquila do firmamento! Todos os vivas, transportados pelas ondas sonoras do imenso tubo acústico, chegavam estrondosos à extremidade, e a multidão, aglomerada ao redor de Stone's Hill, se juntava em coro aos dez convivas reunidos no fundo do gigantesco canhão.

J. T. Maston não cabia em si; é difícil determinar se gritou mais do que gesticulou ou se bebeu mais do que comeu. De qualquer modo, não teria trocado seu lugar ali nem por um império, "não, mesmo que o canhão fosse carregado, preparado e acendido naquele instante, o enviaria despedaçado ao espaço planetário".

17

UMA MISSIVA TELEGRÁFICA

As maiores obras empreendidas pelo Gun Club estavam, por si, concluídas, porém, ainda faltavam dois meses até o dia em que o projétil seria lançado à Lua. Dois meses que pareciam anos nas contas da impaciência universal! Até então, os mínimos detalhes da operação foram registrados dia a dia nos jornais, devorados a olhos ávidos e apaixonados; mas temia-se que, dali em diante, o "dividendo de interesse" distribuído ao público diminuísse em grande escala, e todos sentiam medo de não conseguir mais aproveitar as emoções cotidianas.

Nada disso aconteceu. O incidente mais inusitado, mais extraordinário, mais inacreditável, mais inverossímil voltou a fascinar os ânimos ofegantes e a derrubar o mundo inteiro sob o peso da agitação poderosa.

No dia 30 de setembro, às 15h47, chegou ao endereço do presidente Barbicane um telegrama, transmitido pelo cabo submerso entre Valentia (Irlanda), Terre-Neuve (Haiti) e a costa americana.

O presidente Barbicane rasgou o envelope, leu a carta e, apesar de seu autocontrole, sentiu a boca empalidecer e a visão se turvar diante das palavras do telegrama.

Eis o texto da missiva, que hoje se encontra nos arquivos do Gun Club:

FRANÇA, PARIS.
30 de setembro, 4h.

Barbicane, Tampa, Flórida, Estados Unidos.
Substitua obus esférico por projétil cilíndrico-cônico.
Viajarei dentro. Chegarei pelo navio *Atlanta*.

MICHEL ARDAN.

18

O PASSAGEIRO DO *ATLANTA*

Se a novidade eletrizante, em vez de voar por fios elétricos, tivesse chegado simplesmente por correio em envelope selado, se os telegrafistas francês, irlandês, haitiano e americano não estivessem, por necessidade, a par da mensagem, Barbicane não teria nem hesitado. Ele se calaria por prudência e para não desconsiderar sua obra. O telegrama podia esconder uma trapaça, ainda mais vindo de um francês. Qual era a probabilidade de um homem qualquer ser audacioso a ponto de sequer conceber uma viagem daquelas? E, se tal homem existisse, não seria um louco, a ser trancafiado em um hospício, em vez de em um projétil?

Porém, a missiva era conhecida, pois os aparelhos de transmissão são, por natureza, pouco discretos, e a proposta de Michel Ardan já se espalhava pelos diversos estados da União. Portanto, Barbicane não tinha mais por que se calar. Ele reuniu os colegas presentes em Tampa e, sem expor o que pensava, sem discutir a credibilidade que o telegrama merecia, ou não, leu o texto lacônico com frieza.

— Impossível!

— É inacreditável!

— Que palhaçada!

— É uma pegadinha!

— Ridículo!

— Que absurdo!

Todas as expressões que servem a indicar dúvida, incredulidade, besteira e loucura se repetiram por alguns minutos, acompanhadas pelos gestos adequados às mesmas circunstâncias. Todos sorriam, riam, davam de ombros ou gargalhavam, de acordo com seu humor. Apenas J. T. Maston fez uma declaração espantosa:

— É uma ideia e tanto! — exclamou.

— É, mas, embora às vezes seja permitido ter ideias desse tipo, a condição é que nem consideremos colocá-las em prática — respondeu o major.

— Por que não? — retrucou com furor o secretário do Gun Club, pronto para discutir.

Porém, ninguém quis estimulá-lo ainda mais.

O nome de Michel Ardan, contudo, já circulava por Tampa. Os estrangeiros e nativos se entreolhavam, questionavam e faziam piada, não por causa do europeu — um mito, uma quimera —, mas de J. T. Maston, que acreditara na existência do personagem lendário. Quando Barbicane propôs enviar um projétil à Lua, todos acharam a empreitada natural, prática, pura questão de balística! Porém, um ser razoável se oferecer como passageiro do projétil e tentar fazer a viagem inacreditável já era uma proposta fantasiosa, uma brincadeira, uma farsa e, para utilizar uma palavra da língua inglesa, um "*humbug*"![1]

As zombarias seguiram noite adentro sem intervalo, e podemos afirmar que a União inteira foi tomada por um acesso de riso, o que é raríssimo em um país no qual empreitadas impossíveis encontram sem demora defensores, adeptos e partidários.

Ainda assim, a proposta de Michel Ardan, como qualquer nova ideia, não deixava de inquietar certas pessoas. Perturbava o curso das emoções costumeiras. "Nem imaginamos isso!" O incidente logo tornou-se uma obsessão, justamente devido à es-

---

1. Mistificação.

tranheza. Pensava-se nele. Quantas coisas negadas em um dia se tornam, no outro, realidade! Por que tal viagem não ocorreria, um dia desses? Mas, de qualquer modo, o homem que quisesse se arriscar assim deveria ser louco, e, visto que seu projeto não poderia ser levado a sério, era decerto melhor se calar em vez de incomodar a população inteira com tamanhos absurdos.

E, para começo de conversa, será que tal personagem existia mesmo? Boa pergunta! O nome de Michel Ardan não era desconhecido na América! Era o nome de um europeu muito comentado por suas aventuras audaciosas. Além do mais, o telegrama enviado pelas profundezas do Atlântico, a designação do navio no qual o francês dizia viajar, a data determinada para seu desembarque — todas as circunstâncias davam certa verossimilhança à correspondência. Era preciso tirar o caso a limpo. Logo, os indivíduos isolados formaram grupos; os grupos se condensaram sob efeito da curiosidade, como átomos em virtude da atração molecular, e, por fim, compuseram uma turba compacta que se dirigia ao endereço do presidente Barbicane.

Este último não se pronunciava desde a chegada da missiva; ele deixara a opinião de J. T. Maston surgir, sem manifestar crítica nem aprovação; ele continuava quieto e propunha aguardar os acontecimentos, mas não contava com a impaciência pública e viu com insatisfação a população de Tampa se aglomerar sob suas janelas. Dali a pouco, murmúrios e vociferações o obrigaram a aparecer. Vemos que ele tinha todos os ares e, por consequência, os aborrecimentos da celebridade.

Ele se apresentou, então. Fez-se silêncio e um cidadão, tomando a palavra, fez a seguinte pergunta:

— O personagem designado na correspondência pelo nome Michel Ardan está a caminho da América, sim ou não?

— Senhores, não sei mais do que sabem — respondeu Barbicane.

— Tem que saber — gritaram vozes impacientes.

— O tempo dirá — respondeu o presidente, frio.

— O tempo não tem direito de manter um país inteiro em suspense — retrucou o orador. — O senhor modificou o projétil conforme a exigência do telegrama?

— Ainda não, senhores. Mas é verdade, devemos saber o que esperar. O telégrafo que causou tanta comoção poderia acrescentar informações.

— Ao telégrafo! Ao telégrafo! — gritou a multidão.

Barbicane desceu e, adiantando-se à aglomeração imensa, se dirigiu à sede da repartição.

Alguns minutos depois, uma mensagem foi enviada ao síndico dos corretores marítimos em Liverpool. Exigiam-se respostas às seguintes perguntas:

"Qual é o navio *Atlanta*? Quando deixou a Europa? Trazia, a bordo, um francês de nome Michel Ardan?"

Duas horas depois, Barbicane recebeu informações tão precisas que não havia mais margem para dúvida.

"O navio a vapor *Atlanta*, de Liverpool, partiu no dia 2 de outubro, com destino a Tampa, levando a bordo um passageiro francês registrado sob o nome de Michel Ardan."

Diante da confirmação da primeira mensagem, os olhos do presidente brilharam com ardor súbito, e ele cerrou os punhos com violência ao murmurar:

— Então é verdade! É possível! O francês existe! E chegará daqui a quinze dias! Mas é um louco! Um doido varrido! Eu nunca consentirei...

Entretanto, naquela mesma noite, ele escreveu para a empresa Bradvill e Cia., pedindo para suspender, até segunda ordem, a fabricação do projétil.

Agora, relatar a emoção que tomou a América inteira, como o efeito do discurso de Barbicane foi ultrapassado em dez vezes, o que disseram os jornais da União, o modo como aceitaram a novidade e de que forma comemoraram a chegada do herói do velho continente; retratar a agitação febril que todos viveram, contando as horas, os minutos, os segundos; dar uma ideia, mesmo enfraquecida, da obsessão exaustiva de tantos cérebros dominados por um só pensamento; mostrar as ocupações cedendo à única preocupação, o trabalho interrompido, o comércio suspenso, os navios que deveriam partir ancorados no porto para não perder a chegada do *Atlanta*, os comboios que chegavam cheios e partiam vazios, a baía do Espírito Santo ocupada a todo momento por navios a vapor, paquetes, iates, balsas de todos os tamanhos; listar os milhares de curiosos que quadruplicaram em quinze dias a população de Tampa e tiveram que acampar em barracas como um exército em campanha, trata-se de uma tarefa além das forças humanas, que não se cumpriria sem temeridade.

No 20 de outubro, às 9h, os semáforos do canal das Bahamas sinalizaram uma fumaça densa no horizonte. Duas horas depois, um grande navio a vapor trocou com eles sinais de reconhecimento. O nome do *Atlanta* foi transmitido de imediato a Tampa. Às 16h, o navio inglês chegava à rada de Espírito Santo. Às 17h, atravessava as comportas da rada de Hillsborough a todo vapor. Às 18h, chegava ao porto de Tampa.

Antes mesmo da âncora bater no fundo de areia, quinhentas embarcações cercaram o *Atlanta,* e o navio foi tomado de assalto. Barbicane foi o primeiro a pular a amurada e, com uma voz que tentava, em vão, conter as emoções, gritou:

— Michel Ardan!

— Presente! — respondeu um indivíduo montado no tombadilho.

Barbicane, de braços cruzados, olhar interrogador e boca fechada, encarou o passageiro do *Atlanta*.

Era um homem de 42 anos, grande, mas já um pouco curvado, como aquelas colunas esculpidas que sustentam varandas nas costas. Sua cabeça forte, verdadeira fuça de leão, sacudia uma cabeleira ardente que formava uma verdadeira juba. Um rosto pequeno, mais largo na altura das têmporas, incrementado por um bigode espetado feito o de um gato e pequenos focos de pelos aloirados brotando das bochechas, e olhos redondos e um pouco afastados, de olhar míope, completavam a fisionomia de nítido caráter felino. O nariz, porém, tinha traços arrojados, a boca era bem humana, e a testa, alta, inteligente e enrugada como os sulcos de um terreno que nunca é deixado em pousio. Por fim, um tronco bem desenvolvido e apoiado em pernas compridas, braços musculosos, alavancas potentes e bem aferradas, e uma postura decidida tornavam aquele europeu um homenzarrão sólido, "mais forjado do que fundido", como diria a expressão das artes metalúrgicas.

Os discípulos da fisiognomonia de Lavater e Gratiolet teriam decifrado sem dificuldade no crânio e na fisionomia do personagem os sinais indiscutíveis da combatividade, isto é, da coragem frente ao perigo e tendência a enfrentar obstáculos; também da bondade e da maravilhosidade, instinto que leva certos temperamentos a se apaixonar por questões sobre-humanas; mas, por outro lado, as protuberâncias da aquisividade, a necessidade de ter e adquirir, não estavam presentes de forma alguma.

Para completar o tipo físico do passageiro do *Atlanta*, é bom descrever as roupas de molde largo e corte simples, a calça e o paletó de tecido tão amplo que Michel Ardan se apelidava de "pano mortal", a gravata frouxa, o colarinho liberalmente aberto, revelando o pescoço robusto, e os punhos de camisa sempre desabotoados, dos quais escapavam mãos febris. A impressão era que, nem nos invernos e perigos mais fortes, aquele homem sentia frio — nem na barriga.

No convés do navio a vapor, em meio à multidão, ele ia e vinha, sem parar no lugar nem "ancorar o barco", como diriam os marujos, gesticulando, tratando todos com intimidade, e roendo as unhas com avidez nervosa. Era uma dessas figuras originais que o Criador inventa em um momento de fantasia e cujo molde quebra logo em seguida.

O presidente Barbicane à janela.

A personalidade moral de Michel Ardan oferecia, de fato, um campo amplo para as observações do analista. O homem impressionante vivia em perpétua disposição hiperbólica, sem ainda ter superado a idade dos superlativos; seus olhos pintavam os objetos em dimensões desmedidas, e vinha dali uma associação de ideias gigantescas, enxergando tudo ampliado, exceto dificuldades e pessoas.

Era também uma alma exuberante, um artista por instinto, um rapaz espiritual, que não metralhava sabedorias, mas entrava na luta como atirador. Nas discussões, pouco preocupado com a lógica, rebelde aos silogismos, que nunca inventara, ele sempre dava uns tiros. Verdadeiro quebra-vidraça, atirava de peito aberto argumentos *ad hominem* de efeito garantido e amava defender com garras e dentes as causas desesperadas.

Michel Ardan.

Entre outras manias, proclamava-se "um ignorante sublime" como Shakespeare e professava desprezar os eruditos: "gente que só faz marcar o placar enquanto jogamos a partida", dizia. Era, em suma, um boêmio do mundo das mil maravilhas, aventuresco, mas não aventureiro, um destemido, um Fáeton que conduzia a mil por hora a carruagem do sol, um Ícaro com asas sobressalentes. De resto, ele se entregava, e com vontade, se jogava de cabeça erguida nas mais loucas empreitadas, passava dos limites com mais ímpeto do que Agátocles, e, pronto para ser aniquilado a qualquer momento, caía sempre de pé, como um joão-bobo das brincadeiras infantis.

Em duas palavras, seu lema era: *Mesmo assim!* E o amor pelo impossível era sua "paixão dominante", sua *"ruling passion"*, conforme a bela expressão de Alexander Pope.

Porém, tal homem empreendedor tinha todos os defeitos de suas qualidades. Quem não arrisca, não petisca, dizem por aí. Ardan arriscava tudo e nem por isso petiscava! Caía com os cobres, entregava o ouro. Era um homem de tudo desinteressado e tinha o coração tão quente com a cabeça; solícito e cavalheiresco, não mandaria nem o pior inimigo para a forca e se venderia à escravidão para comprar a liberdade de outrem.

Na França, na Europa, todos conheciam tal personagem esplêndido e espalhafatoso. Não era a todo momento comentado pelas cem vozes da Fama, devotas a seu serviço? Não vivia em casa de vidro, assumindo o universo inteiro como confidente de seus segredos mais íntimos? Mas tinha, também, uma coleção admirável de inimigos, entre os que tinha, em menor ou maior grau, irritado, magoado e derrotado sem misericórdia ao se acotovelar para encontrar seu lugar ao sol.

Entretanto, de modo geral ele era benquisto e mimado como uma criança. Como diz a expressão popular, era um homem de "pegar ou largar", e era pegado. Todos se interessavam por suas empreitadas ousadas e o acompanhavam com olhar inquieto. Era conhecido por ser muito audaz, muito imprudente! Quando um amigo tentava impedi-lo, prevendo uma catástrofe futura, ele respondia "A floresta se queima apenas por suas próprias árvores", com um sorriso simpático, sem a menor dúvida de que citava o mais belo dos provérbios árabes.

Era assim o passageiro do *Atlanta*, sempre agitado, sempre fervilhando sob efeito de um fogo interior, sempre comovido, não pelo que fora fazer na América — nisso, ele nem pensava —, mas pelo resultado de sua organização febril. O maior contraste entre dois indivíduos era sem dúvida aquele entre o francês Michel Ardan e o ianque Barbicane, ambos, contudo, empreendedores, ousados e audaciosos a seu próprio modo.

A contemplação a que o presidente do Gun Club se entregava diante do rival que vinha colocá-lo em segundo plano foi logo interrompida pelos vivas e aplausos da multidão. Os gritos se tornaram frenéticos, e o entusiasmo, tão pessoal, que Michel Ardan, após apertar milhares de mãos para as quais quase perdeu seus dez dedos, precisou se refugiar na cabine.

Barbicane foi atrás dele, sem ter pronunciado uma palavra sequer.

— É o senhor, o tal Barbicane? — perguntou Michel Ardan assim que ficaram a sós, com o tom que usaria para falar com um amigo antigo.

— Sou — respondeu o presidente do Gun Club.

— Então, bom dia, Barbicane. Como vai? Tudo bem? Ora, que bom! Que bom!

— Enfim — disse Barbicane, sem preâmbulos —, o senhor está decidido quanto à viagem?

— Inteiramente decidido.

— Nada pode impedi-lo?

— Nada. Modificaram o projétil, como indiquei no telegrama?

— Estava aguardando sua chegada. Mas o senhor pensou bem? — insistiu Barbicane outra vez.

— Pensar bem?! E lá tenho tempo a perder? Vi a oportunidade de dar uma volta na Lua e aproveitei, só isso. Não acho que merece tanta reflexão.

Barbicane encarou o homem que falava de seu projeto de viagem com uma leveza, uma despreocupação tão completa, uma ausência absoluta de inquietação.

— Mas tem, pelo menos, um plano e métodos de execução?

— Excelentes, meu caro Barbicane. Mas me permita uma observação: prefiro contar minha história uma só vez, para todo mundo, para não restar dúvida. Assim, evito a repetição. Então, salvo melhor juízo, convoque seus amigos, seus colegas, a cidade toda, a Flórida toda, a América toda, se quiser, e amanhã estarei pronto para expor meus métodos e responder a qualquer objeção. Fique tranquilo, estarei esperando. Pode ser?

— Pode ser — respondeu Barbicane.

Em seguida, o presidente saiu da cabine e transmitiu à multidão a proposta de Michel Ardan. Suas palavras foram recebidas com exclamações e palmas de alegria. Isso resolvia todas as dificuldades. No dia seguinte, todos poderiam contemplar à vontade o herói europeu. Mesmo assim, alguns espectadores mais teimosos não quiseram descer do convés do *Atlanta* e passaram a noite a bordo. Entre outros, J. T. Maston tinha se pendurado pelo gancho na armadoura do tombadilho, e apenas um cabrestante o arrancaria dali.

— É um herói! Um herói! — esgoelava-se. — E somos meras moças diante de um europeu desses!

Quanto ao presidente, após convidar os visitantes a retirar-se, voltou à cabine do passageiro e só a deixou quando o sino do barco a vapor marcou meia-noite e quinze. Nessa hora, os dois rivais em popularidade já se despediram com um aperto de mãos caloroso, e Michel Ardan tratava o presidente Barbicane com familiaridade.

19

UM COMÍCIO

No dia seguinte, o astro diurno se ergueu tarde até demais, na avaliação da impaciência pública. Acharam muita preguiça, para um sol que deveria iluminar uma festa daquelas. Barbicane, temendo perguntas indiscretas para Michel Ardan, preferiria limitar o público a um grupo pequeno de adeptos; por exemplo, seus colegas. Porém, seria mais fácil represar o Niágara. Ele precisou abrir mão dos planos e deixar o novo amigo correr os riscos da conferência pública. O novo salão da bolsa de Tampa, apesar das dimensões colossais, revelou-se insuficiente para a cerimônia, pois a reunião prevista tomava as proporções de um verdadeiro comício.

O local escolhido foi uma planície ampla situada nos arredores da cidade; em algumas horas, conseguiram protegê-la dos raios de sol — os navios do porto, ricos em velas, massames, mastros e vergas, forneceram os acessórios necessários para construir uma tenda colossal. Sem demora, um céu de tecido imenso se estendeu sobre o prado calcinado e o protegeu do ardor do dia. Ali, 300 mil pessoas encontraram seus lugares e enfrentaram por várias horas a temperatura sufocante para aguardar a chegada do francês. Entre aquela multidão de espectadores, cerca de um terço enxergava e escutava; o segundo terço enxergava mal, e não escutava; quanto ao terço dos fundos, não enxergava nada, muito menos escutava. Nem por isso estes últimos tinham menos pressa para aplaudir.

Às 15h, Michel Ardan apareceu, acompanhado dos principais membros do Gun Club. Ele caminhava de braço direito dado ao presidente Barbicane, e braço esquerdo, a J. T. Maston, mais radiante do que o sol em pleno meio-dia e quase igualmente vermelho.

Ardan subiu no estrado, do qual seu olhar se estendia por um mar de chapéus pretos. Ele não parecia nada constrangido. Não fazia pose; agia como se estivesse em casa, alegre, à vontade, simpático. Os vivas que o acolheram, recebeu com um cumprimento gracioso; em seguida, com um gesto para pedir silêncio, tomou a palavra em inglês e se expressou corretamente nos seguintes termos:

— Senhores, embora faça muito calor, vou abusar de sua boa vontade para dar algumas explicações relativas a projetos que pareceram interessá-los. Não sou orador nem erudito e não pretendia falar em público; porém, meu amigo Barbicane me disse que os senhores gostariam, então me dediquei. Portanto, me escutem com seus 600 mil ouvidos e perdoem, por favor, qualquer equívoco do autor.

Esse início desenvolto fez muito sucesso com o público, que expressou o agrado com um murmúrio imenso de satisfação.

— Senhores, nenhum sinal de aprovação ou desaprovação é proibido. Tendo dito isso, começarei. E, de início, não esqueçam que estão ouvindo um ignorante, cuja ignorância é tamanha que ignora até mesmo as dificuldades. Porém, pareceu-lhe simples, natural, fácil tornar-se passageiro de um projétil destinado à Lua. Esta viagem deve ocorrer mais cedo ou mais tarde e, quanto ao meio de transporte adotado, segue simplesmente a lei do progresso. O homem começou viajando de quatro, e então, certo dia, nos dois pés, e depois em charrete, e em carroça, e diligência, e caminho de ferro... ora! O projétil é o carro do futuro e, sinceramente, os planetas são meros projéteis, balas de canhão disparadas pelas mãos do Criador. Mas voltemos ao nosso veículo. Alguns dos senhores podem acreditar que a velocidade que lhe será impressa é excessiva; não é nada, pois todos os astros são mais velozes do que ele, e a própria Terra, no movimento de translação ao redor do Sol, nos carrega três vezes mais rápido. Eis alguns exemplos. Peço apenas a permissão de me expressar em léguas, pois as medidas americanas não me são muito conhecidas, e temo me atrapalhar com os cálculos.

O pedido pareceu simples e não enfrentou dificuldades. O orador continuou o discurso:

— Eis, senhores, a velocidade dos diferentes planetas. Sou obrigado a confessar que, apesar de minha ignorância geral, conheço com muita precisão este pequeno detalhe astronômico. Em dois minutos, os senhores saberão tanto quanto eu. Saibam, então, que Netuno gira a 5 mil léguas por hora; Urano, a 7 mil; Saturno, a 8.858; Júpiter, a 11.675; Marte, a 22.011; a Terra, a 27.500; Vênus, a 32.190; Mercúrio, a 52.520; e alguns cometas chegam a 1.400.000 léguas por hora em seu periélio! Quanto a nós, verdadeiros preguiçosos, gente de pouca pressa, nossa velocidade não passará de 9.900 léguas por hora, e diminuirá a todo momento! Então pergunto se há motivo para êxtase, e se não é evidente que tudo isso será ultrapassado um dia por velocidades ainda maiores, que quem sabe terão a luz ou a eletricidade como agentes mecânicos?

Ninguém pareceu questionar a afirmação de Michel Ardan.

— Meus caros ouvintes — prosseguiu —, se acreditarmos em certas cabeças obtusas, pois é o adjetivo que convém, a humanidade estaria contida em um círculo como aquele traçado por Caio Popílio Lenas, que não poderia atravessar, e seria condenada a vegetar neste globo sem nunca se lançar ao espaço planetário! Não é nada disso! Iremos à Lua, e iremos aos planetas e às estrelas como hoje de Liverpool a Nova York, com facilidade, rapidez e segurança, e o oceano atmosférico logo será atravessado, como os oceanos da Lua! A distância é apenas relativa, e seu valor acabará se aproximando de zero.

A assembleia, embora já muito convencida a favor do herói francês, ficou um pouco estupefata diante da teoria audaciosa. Michel Ardan pareceu perceber.

— Os senhores não parecem convictos, meus caros anfitriões — prosseguiu, com um sorriso simpático. — Ora! Raciocinemos um pouco. Sabem quanto tempo seria necessário para um trem expresso chegar à Lua? Trezentos dias. Nada mais. É um trajeto de 86.410 léguas, mas o que é isso? Menos de dez vezes a circunferência da Terra, e não há marinheiros ou viajantes um pouco ousados que não tenham trilhado mais do que isso ao longo da vida. Notem, então, que eu passarei apenas 97 horas no trajeto! Ah! Estão pensando que a Lua é distante da Terra, e que é preciso pensar duas vezes antes de se arriscar em tal aventura! Mas o que diriam se a questão fosse ir a Netuno, que gravita a 1.147.000 léguas do Sol! Essa, sim, é uma viagem que pouca gente poderia fazer, mesmo que custasse apenas cinco soldos por quilômetro! Nem o barão de Rothschild e seu bilhão teria como pagar passagem, e, faltando milhões de quilômetros, ficaria pelo caminho!

Esse argumento pareceu agradar muito à assembleia. Michel Ardan, dominando o tema, mergulhava de corpo e alma com um ímpeto impressionante. Ele se sentia ouvido com avidez, portanto continuou com determinação admirável:

— Ora, meus amigos, essa distância entre Netuno e o Sol também não é nada se comparada à das estrelas. Na realidade, para avaliar a distância desses astros, é preciso entrar naquela numeração deslumbrante em que o menor valor tem nove dígitos e tomar o bilhão como unidade. Peço perdão por insistir tanto nesta questão, mas é de interesse emocionante. Escutem e considerem! Alfa Centauri está a 8 trilhões de léguas; Vega e Sirius, a 50 trilhões cada; Arcturus, a 52 trilhões; Polaris, a 117 trilhões; Capella, a 170 trilhões; e outras estrelas estão a milhares de bilhões de trilhões de léguas! E ainda assim falamos da distância que separa os planetas do Sol! E defendemos a existência dessa distância! Equívoco! Mentira! Aberração! Sabem o que acho desse mundo que começa no astro radiante e termina em Netuno? Querem conhecer minha teoria? Ela é muito simples! Para mim, o sistema solar é um corpo sólido e homogêneo; os planetas que o compõem se apertam, se tocam, aderem, e o espaço que existe entre eles é apenas o espaço que separa as moléculas do metal mais compacto, prata ou ferro, ouro ou platina! Tenho, então, o direito de afirmar, e repito com uma convicção que afetará todos os senhores: "A distância é uma palavra inútil; a distância não existe!"

— Muito bem! Bravo! Viva! — exclamou, em uníssono, a assembleia eletrizada pelos gestos, pela ênfase do orador, pela audácia de suas teorias.

— Não! — gritou J. T. Maston, mais enérgico do que o resto. — A distância não existe!

E, transportado pela violência dos movimentos, pelo impulso do corpo que tinha dificuldade de controlar, quase caiu do estrado. Porém, conseguiu se equilibrar e evitar uma queda que lhe provaria com brutalidade que a distância não é, na verdade, uma palavra inútil. Em seguida, o orador estimulante retomou o discurso.

— Meus amigos, creio que esta questão está resolvida. Se não convenci a todos, é porque fui tímido nas demonstrações, fraco em argumentos, e é preciso acusar a insuficiência de meu estudo teórico. De todo modo, repito que a distância entre a Terra e seu satélite é de fato irrelevante e não merece a preocupação de nenhuma pessoa séria. Assim, não acho que seja exagero me adiantar e dizer que, no futuro próximo, estabeleceremos trens de projéteis, nos quais a viagem da Terra à Lua será feita com comodidade. Não haverá batidas, sacolejo nem descarrilhamento a temer, e chegaremos ao destino sem demora nem cansaço, em linha reta, a "voo de abelha", adotando a expressão de seus caçadores. Daqui a menos de vinte anos, metade da Terra terá visitado a Lua!

O comício.

— Viva! Viva Michel Ardan! — exclamaram os ouvintes, mesmo os menos convencidos.

— Viva Barbicane! — respondeu o orador, modesto.

Este gesto de reconhecimento ao promotor da empreitada foi recebido por aplausos unânimes.

— Agora, caros amigos — continuou Michel Ardan —, se tiverem qualquer pergunta a fazer, é claro que constrangerão um pobre coitado como eu, mas me dedicarei a respondê-las mesmo assim.

Até então, o presidente do Gun Club podia se satisfazer com o caminho da discussão. Tratava das teorias especulativas nas quais Michel Ardan, encorajado pela imaginação vívida, se mostrava genial. Era preciso, então, impedi-lo de desviar para as questões práticas, nas quais, sem dúvida, seria menos desenvolto. Barbicane se apressou a tomar a palavra e perguntou ao novo amigo se ele acreditava que a Lua ou outros planetas fossem habitados.

— É um problemão que você me apresenta, meu digno presidente — respondeu o orador, sorridente. — Porém, se não me engano, homens de grande inteligência, como Plutarco, Emanuel Swedenborg, Bernardin de Saint-Pierre e vários outros se pronunciaram na afirmativa. Do ponto de vista da filosofia natural, sou levado a pensar como eles. Diria que não há nada de inútil neste mundo, e respondo à pergunta com outra pergunta, meu amigo, Barbicane, afirmando que, se os mundos são habitáveis, ou são habitados, ou já o foram, ou ainda serão.

— Muito bem! — exclamaram as primeiras fileiras de espectadores, cuja opinião servia de lei para as fileiras do fundo.

— Impossível responder com mais lógica e correção — disse o presidente do Gun Club. — A pergunta, então, seria a seguinte: os mundos são habitáveis? Eu, pessoalmente, creio que sim.

— E eu tenho certeza — respondeu Michel Ardan.

— Contudo — retrucou alguém da plateia —, há argumentos contra a habitabilidade dos mundos. Na maior parte deles, seria necessário, evidentemente, modificar os princípios vitais. Falando apenas de planetas, em alguns queimaríamos, e em outros, congelaríamos, considerando a distância maior ou menor do Sol.

— É uma pena — respondeu Michel Ardan — que eu não conheça pessoalmente meu honrado contraditor, pois tentarei respondê-lo. Sua objeção tem seu valor, mas creio que é possível combatê-la com certo sucesso, assim como a todas outras dúvidas relativas à habitabilidade desses outros mundos. Se eu fosse físico, diria que, se houver menos calorias em movimento nos planetas vizinhos do Sol, e mais, por outro lado, nos afastados, este simples fenômeno basta para equilibrar o calor e tornar a temperatura suportável para seres vivos como nós. Se fosse naturalista, eu diria, com base em diversos sábios ilustres, que a natureza nos oferece, na Terra, exemplos de animais vivendo em condições muito diversas: que os peixes respiram em um meio fatal a outros animais; que os anfíbios têm uma dupla existência bem difícil de explicar; que certos habitantes dos mares residem em camadas muito profundas e as suportam sem serem esmagados pela pressão de cinquenta ou sessenta atmosferas; que é possível encontrar diversos insetos aquáticos, insensíveis à temperatura, tanto nas nascentes de água fervente quanto nas planícies congeladas do oceano polar; enfim, que temos que reconhecer que a natureza tem uma diversidade muitas vezes incompreensível de método, mas que ainda assim é real e chega à onipotência. Se fosse químico, eu diria que os aerólitos, corpos evidentemente formados fora do mundo terrestre, revelaram, sob análise, rastros indiscutíveis de carbono, que essa substância deve sua origem apenas a seres vivos e que, de acordo com as experiências de Reichenbach, necessariamente foi "animalizado". Enfim, se fosse teólogo, diria que a Redenção divina parece, de acordo com São Paulo, ser aplicada não apenas à Terra, mas a todos os mundos celestes. Mas não sou teólogo, químico, naturalista nem físico. Assim, na minha perfeita ignorância das grandes leis que regem o universo, eu me limito a responder: não sei se esses outros mundos são habitados e, como não sei, verei!

O adversário das teorias de Michel Ardan arriscou outros argumentos? É difícil saber, pois os gritos frenéticos da multidão impediram que qualquer opinião surgisse. Quando o silêncio voltou até aos grupos mais afastados, o orador triunfante se contentou em acrescentar as seguintes considerações:

— Estão certos, meus caros ianques, que apenas resvalei uma questão de tamanha magnitude; não vim aqui ministrar um curso público nem defender uma tese sobre este assunto tão vasto. Há toda outra série de argumentos a favor da habitabilidade dos mundos, que deixo de lado. Permitam apenas que eu insista em um aspecto. Àqueles que defendem que os planetas não são habitados, tenho que responder: podem até estar certos, se for demonstrado que a Terra é o melhor dos mundos possíveis, mas não foi, por mais que o diga Voltaire. Ela tem apenas um satélite, enquanto Júpiter, Urano, Saturno e Netuno têm diversos a seu serviço, vantagem que não devemos desprezar. Mas o que torna nosso globo pouco confortável é, acima de tudo, a inclinação de seu eixo na órbita. Daí a desigualdade de dias e noites, daí a diversidade frustrante de estações. Em nosso triste esferoide, faz sempre calor ou frio demais; congelamos no inverno, queimamos no verão; é o planeta dos resfriados, das corizas e da pneumonia. Enquanto isso, na superfície de Júpiter, por exemplo, cujo eixo é pouquíssimo inclinado,[1] os habitantes

---

1. A inclinação do eixo de Júpiter é de apenas 3°5'.

poderiam aproveitar temperaturas invariáveis. Há a zona da primavera, a zona do outono, a zona do verão, e a zona do inverno perpétuos; cada jupiteriano pode escolher o clima de preferência e passar a vida inteira protegido das variações de temperatura. É fácil conceder essa superioridade de Júpiter sobre nosso planeta, isso sem nem falar de seus anos, cada um dos quais dura doze dos nossos! Ademais, é evidente, para mim, que, sob essas condições maravilhosas e auspiciosas de existência, os moradores desse mundo afortunado são seres superiores, que seus sábios são mais sábios, que seus artistas são mais artísticos, que seus malvados são menos malvados e que seus bonzinhos são melhores. Ora! O que falta a nosso esferoide para atingir tal perfeição? Muito pouco! Um eixo de rotação menos inclinado no plano da órbita.

— Ora! — exclamou uma voz impetuosa. — Unamos nossos esforços, inventemos máquinas e endireitemos o eixo terrestre!

Um estrondo de aplausos soou diante dessa proposta, cujo autor não era ninguém mais, ninguém menos do que J. T. Maston. É provável que o secretário vigoroso fosse transportado por seus instintos de engenheiro a arriscar uma proposta tão ousada. Porém, é preciso admitir — pois é verdade — que muitos o apoiaram com gritos e que, sem dúvida, se tivessem o ponto de apoio exigido por Arquimedes, os americanos teriam construído uma alavanca capaz de erguer o mundo e endireitar seu eixo. O que faltava a esses mecânicos temerários, contudo, era o próprio ponto de apoio.

Ainda assim, essa ideia "muitíssimo prática" fez enorme sucesso; a discussão foi suspensa por uns bons quinze minutos, e por muito, muito tempo depois, ainda se falava nos Estados Unidos da América da proposta formulada com tamanha energia pelo secretário perpétuo do Gun Club.

Trens de projéteis para a Lua.

20

ATACAR E REVIDAR

Este incidente parecia dever concluir a discussão. Era a "palavra final", e não havia palavra melhor. Contudo, quando a agitação se aquietou, a tenda ouviu as seguintes palavras, pronunciadas em voz forte e severa:

— Agora que o orador dedicou tanto tempo à fantasia, será que gostaria de tratar do assunto em pauta, deixar essas teorias de lado e discutir a parte prática da expedição?

Todos dirigiram os olhares para o personagem. Era um homem magro, seco, de aparência enérgica, com barba feita ao estilo americano, abundante na região do queixo. Aproveitando as muitas agitações ocorridas durante a assembleia, ele se aproximara aos poucos da primeira fileira de espectadores. Lá, de braços cruzados e olhar brilhante e audacioso, ele encarava, imperturbável, o herói do comício. Após formular a questão, ele se calou, parecendo não se incomodar com os milhares de olhares que nele convergiam nem com os murmúrios de desaprovação que as palavras tinham acarretado. Como a resposta demorava, ele repetiu a dúvida com o mesmo tom duro e preciso, acrescentando:

— Estamos aqui para tratar da Lua, e não da Terra.

— O senhor está certo, a discussão se desviou. Voltemos à Lua — respondeu Michel Ardan.

— Senhor — retomou o desconhecido —, o que alega é que nosso satélite é habitado. Certo. Porém, se os selenitas existem, esse povo decerto vive sem respirar, pois, e informo isso por interesse seu, não há a menor molécula de ar na superfície da Lua.

Diante dessa afirmação, Ardan ergueu a juba fulva; ele percebeu que a batalha com aquele homem trataria do xis da questão. Ele o encarou também e disse:

— Ah! Não há ar na Lua! E, que mal lhe pergunte, quem alega isso?

— Os acadêmicos.

— É?

— É.

— Senhor — continuou Michel —, deixando as brincadeiras de lado, tenho uma estima profunda pelos sábios que sabem, mas um desdém profundo pelos sábios que nada sabem.

— E conhece algum desta segunda categoria?

— Sem dúvida. Na França, há um que defende que, "matematicamente", aves não podem voar, e outro cujas teorias demonstram que peixes não foram feitos para viver na água.

— Não me refiro a esses, senhor, e poderia citar, para sustentar meu argumento, nomes que o senhor não recusaria.

— Então, senhor, causaria um tremendo constrangimento para um coitado ignorante que, inclusive, pede apenas por instrução.

— Então por que aborda questões científicas, se não as estudou? — perguntou o desconhecido, com bastante brutalidade.

— Por quê?! Pelo fato de que é sempre corajoso aquele que não desconfia do perigo! Não sei de nada, é verdade, mas é essa minha fraqueza que compõe minha força — respondeu Ardan.

— Sua fraqueza chega à loucura! — exclamou o desconhecido, em tom mal-humorado.

— Ora! Melhor assim, se minha loucura me levar à Lua!

Barbicane e seus colegas encararam o intruso que aparecera com tanta ousadia para obstruir a empreitada. Ninguém o conhecia, e o presidente, pouco confiante nas respostas a uma discussão tão honesta, olhou para o novo amigo com certa apreensão. A assembleia estava atenta e inquieta, pois a luta tinha, como resultado, chamar atenção para os perigos, até mesmo as verdadeiras impossibilidades, da expedição.

Atacar e revidar.

— Senhor — continuou o adversário de Michel Ardan —, são diversas e indiscutíveis as razões que provam a ausência de atmosfera ao redor da Lua. Eu diria até mesmo *a priori* que, se essa atmosfera já existiu um dia, foi subtraída pela Terra. Mas prefiro opor-me ao senhor com fatos irrebatíveis.

— Oponha-se, senhor. Oponha-se quanto quiser! — respondeu Michel Ardan, com perfeita galanteria.

— O senhor sabe que, quando raios luminosos atravessam um meio como o ar, são desviados da linha reta ou, em outros termos, refratados. Ora! Quando as estrelas são ocultadas pela Lua, seus raios, ao tangenciar as bordas do disco, nunca demonstraram o menor desvio, nem o mais leve indício de refração. Daí a consequência evidente de que a Lua não está envolta por atmosfera.

Todos olharam para o francês, pois admitir a observação traria consequências rigorosas.

— Certo — respondeu Michel Ardan —, eis seu melhor argumento, quiçá o único, e talvez um erudito se atrapalhasse para respondê-lo. Já eu direi apenas que o argumento não tem valor absoluto, pois supõe um diâmetro angular lunar determinado com perfeição, o que não é o caso. Mas prossigamos, e me diga, caro senhor, se admite a existência de vulcões na superfície da Lua.

— Vulcões extintos, sim; ativos, não.

— Então me permita crer, sem ultrapassar os limites da lógica, que os vulcões estiveram ativos por determinado período!

— É certo, mas, como poderiam fornecer o oxigênio necessário à combustão por conta própria, o fato de sua erupção não prova de modo algum a presença de atmosfera lunar.

— Sigamos em frente, então — respondeu Michel Ardan —, e deixemos de lado esses argumentos, para chegar às observações diretas. Aviso, porém, que citarei nomes.

— Pois cite.

— Em 1715, os astrônomos Louville e Halley, observando o eclipse de 3 de maio, notaram certas fulminações de natureza estranha. Essas faíscas luminosas, rápidas e renovadas com frequência, foram atribuídas, por eles, a tempestades desencadeadas na atmosfera lunar.

— Em 1715, os astrônomos Louville e Halley supuseram ser lunares fenômenos puramente terrestres, como bólides ou outros, que ocorrem em nossa atmosfera. É isso que os estudiosos responderam ao relato desses fatos, e o que respondo com eles.

— Então sigamos em frente — respondeu Ardan, sem se incomodar com a resposta. — Herschel, em 1787, não observou diversos pontos luminosos na superfície da Lua?

— Sem dúvida, mas não explicou a origem de tais pontos. O próprio Herschel não concluiu que essa aparição se deva necessariamente a uma atmosfera lunar.

— Boa resposta. Vejo que o senhor é muito estudado em selenografia — disse Michel Ardan, elogiando o adversário.

— Muito estudado, senhor, e acrescentaria que os observadores mais hábeis, aqueles que melhor estudaram o astro noturno, Beer e Mädler, estão de acordo quanto à inexistência absoluta de ar na superfície.

Fez-se um movimento na plateia, que pareceu se abalar com os comentários daquele personagem singular.

— Avancemos mais ainda — respondeu Michel Ardan, sem perder a calma — e cheguemos agora a um fato importante. Um experiente astrônomo francês, Aimé Laussedat, ao observar o eclipse de 18 de julho de 1860, constatou que as pontas do crescente solar estavam arredondadas e truncadas. Esse fenômeno pode ser produzido apenas por um desvio dos raios de sol através da atmosfera da Lua, sem outra explicação possível.

— Mas há certeza do fato? — perguntou o desconhecido, com vigor.

— Certeza absoluta!

Um movimento inverso levou a assembleia de volta ao herói predileto, cujo adversário ficou em silêncio. Ardan retomou a palavra e, sem se vangloriar da última vantagem, disse simplesmente:

— Veja bem, caro senhor, que não é possível se pronunciar de forma absoluta contra a existência da atmosfera na superfície lunar. Essa atmosfera deve ser pouco densa, bastante sutil, mas hoje a ciência admite, de modo geral, sua existência.

— Não nas montanhas, não se engane — retrucou o desconhecido, indisposto a recuar.

— Não, mas no fundo dos vales, sem ultrapassar a altura de algumas centenas de pés.

— De qualquer modo, seria bom tomar precauções, pois o ar será terrivelmente rarefeito.

— Ah! Meu caro senhor, sempre haverá o suficiente para um único homem. Ademais, quando eu chegar lá no alto, tomarei cuidado de economizá-lo como puder e de respirar apenas em ocasiões especiais!

Uma gargalhada formidável veio ecoar aos ouvidos do interlocutor misterioso, que passou o olhar pela assembleia, enfrentando-a com orgulho.

— Então — retomou Michel Ardan, com ar tranquilo —, como estamos de acordo quanto à presença de certa atmosfera, somos obrigados a admitir a presença de certa quantidade de água. É uma consequência que, pessoalmente, muito me alegra. Além do mais, meu querido contraditor, permita-me dirigir-lhe ainda uma observação. Conhecemos apenas um lado da Lua, e, embora haja pouco ar na face voltada para nós, é possível que haja muito na face oposta.

— Por que razão?

— Porque a Lua, sob efeito da atração gravitacional terrestre, tomou a forma de um ovo, que vemos pela ponta menor. Daí a consequência devida aos cálculos de Hansen, de que o centro de gravidade se situa no outro hemisfério. E daí a conclusão de que todas as massas de ar e água devem ter sido arrastadas para a outra face do satélite nos primeiros dias de sua criação.

— Pura fantasia! — exclamou o desconhecido.

— Não! Puras teorias, baseadas nas leias da mecânica. E me parece difícil refutá-las. Faço apelo, então, à assembleia, e devolvo ao coro a pergunta: a vida, como existe na Terra, é possível na superfície da Lua?

A cifra de 300 mil ouvintes aplaudiu em aprovação de uma só vez. O adversário de Michel Ardan ainda queria falar, mas não se fazia mais ouvir. Os gritos e ameaças caíam nele como granizo.

— Basta! Basta! — diziam alguns.

— Expulsem o intruso! — insistiam outros.

— Chispa! Chispa! — gritava a multidão irritada.

Porém, ele, firme e agarrado ao estrado, não se mexia, deixando passar a tempestade que teria tomado proporções terríveis se Michel Ardan não a contivesse com um gesto. Ele era por demais cavalheiro para abandonar o contraditor a uma situação tão extrema.

— Deseja acrescentar algumas palavras? — perguntou a ele, no tom mais gracioso.

— Desejo! Cem mil — respondeu o desconhecido, exaltado. — Ou, melhor, não, uma só! Para perseverar nessa empreitada, o senhor deve ser...

— Imprudente! Como me chamar de uma coisa dessas, se pedi um projétil cilíndrico-cônico a meu amigo Barbicane, para não acabar girando no ar como um esquilo?

— Mas, infeliz, o temível ricochete vai estilhaçá-lo logo na partida!

— Meu caro contraditor, o senhor acaba de apontar a única verdadeira dificuldade; contudo, confio demais no gênio industrial dos americanos para crer que não será solucionada!

— Mas e o calor acumulado pela velocidade do projétil ao atravessar as camadas de ar?

— Ah! O invólucro é espesso, e atravessarei a atmosfera muito depressa!

— Mas e os víveres? A água?

— Calculei que poderia transportar o suficiente para um ano inteiro, e a travessia durará apenas quatro dias!

— Mas e o ar para respirar no caminho?

— Fabricarei por procedimentos químicos.

— Mas e a queda na Lua, se é que um dia chegará?

— Será seis vezes menos rápida do que uma queda na Terra, visto que a aceleração da gravidade é seis vezes menor na superfície lunar.

— Mas ainda será suficiente para despedaçá-lo feito vidro!

— E o que me impede de atrasar a queda por meio de espoletas adequadamente dispostas e acesas em tempo hábil?

— Mas, por fim, supondo que todas essas dificuldades sejam resolvidas, que todos os obstáculos sejam derrubados, reunindo toda a sorte a seu favor, e admitindo que o senhor chegue são e salvo na Lua, como voltará?

— Não voltarei!

Diante dessa resposta, cuja simplicidade alcançava o sublime, a assembleia ficou quieta. O silêncio foi mais eloquente do que seriam os gritos de entusiasmo. O desconhecido aproveitou para protestar uma última vez.

— O senhor acabará se matando, sem a menor dúvida, e sua morte, a morte de um insensato, nem mesmo servirá à ciência! — exclamou ele.

— Continue, meu generoso desconhecido, pois, sinceramente, esse prognóstico é muito agradável!

— Ah! Isso já é demais! — gritou o adversário de Michel Ardan. — Não sei por que continuo uma discussão tão pouco séria!

Continue, à vontade, esta empreitada louca! Não é com o senhor que devo discutir!

— Ah! Mas não se incomode!

— Não! É outro que terá a responsabilidade por seus atos!

— E quem seria, que mal lhe pergunte? — questionou Michel Ardan, com a voz imperiosa.

— O ignorante que organizou essa tentativa tão impossível quanto ridícula!

O ataque foi direto. Barbicane, desde a intervenção do desconhecido, fazia um esforço violento para se conter e "extravasar a fumaça", como faziam certas caldeiras; porém, ao se ver designado em termos tão ultrajantes, ergueu-se sem demora e caminhou na direção do adversário que o enfrentava assim, até que foi de súbito afastado.

O estrado foi levantado de uma vez por cem braços vigorosos, e o presidente do Gun Club teve que compartilhar com Michel Ardan a honra do triunfo. O palanque era pesado, mas os carregadores se revezavam sem cessar, todos brigando, disputando, combatendo para oferecer à manifestação o sustento de seus ombros.

O desconhecido, porém, não aproveitou o tumulto para ir embora. E será que conseguiria, em meio àquela multidão? Não, sem dúvida. De qualquer forma, estava na primeira fileira, de braços cruzados, fulminando com o olhar o presidente Barbicane.

Este último não perdia o outro de vista, e o olhar dos dois homens se manteve em confronto como duas espadas em riste.

Os gritos da imensa multidão continuaram em intensidade máxima durante a marcha triunfal. Michel Ardan se deixava levar com evidente prazer. Estava radiante. Às vezes, o estrado parecia tomado de balanços e ondas como um navio em alto--mar. Mas os dois heróis do comício tinham pés de marinheiro; eles não vacilaram, e sua embarcação chegou sem avarias ao porto de Tampa.

De repente, o estrado é erguido.

Michel Ardan conseguiu, felizmente, escapar das mãos dos vigorosos admiradores; ele se escondeu no hotel Franklin, voltou correndo ao quarto e se deitou às pressas, um exército de 100 mil homens velava suas janelas.

Enquanto isso, uma cena curta, grave e decisiva ocorria entre o personagem misterioso e o presidente do Gun Club.

Barbicane, enfim livre, se dirigiu diretamente ao adversário.

— Venha! — chamou, em voz breve.

O homem o acompanhou pelo cais, e logo os dois se encontraram a sós na entrada de um desembarcadouro aberto para Jone's Fall.

Lá, esses inimigos, até então desconhecidos, se fitaram.

— Quem é o senhor? — perguntou Barbicane.

— O capitão Nicholl.

— Desconfiei. Até aqui, o acaso nunca o jogou no meu caminho...

— Então eu me meti de propósito!

— E me insultou!

— Publicamente.

— E pagará por esse insulto.

— Imediatamente.

— Não. Desejo que tudo entre nós ocorra em segredo. Há um bosque situado a três milhas de Tampa, o bosque de Skersnaw. Conhece?

— Conheço.

— Gostaria de, às cinco da matina, amanhã, chegar ao bosque por um lado?

— Sim, se, na mesma hora, o senhor chegar pelo outro.

— E não esquecerá seu fuzil? — disse Barbicane.

— Não, se não esquecer o seu — respondeu Nicholl.

Com essas palavras frias, o presidente do Gun Club e o capitão se despediram. Barbicane voltou para casa, mas, em vez de descansar por algumas horas, passou a noite procurando métodos para evitar o ricochete do projétil e resolver o difícil problema proposto por Michel Ardan na discussão do comício.

21

COMO UM FRANCÊS RESOLVE UM PROBLEMA

Enquanto o presidente e o capitão discutiam o combinado do duelo — um duelo terrível e violento, no qual os adversários se tornavam caçadores de homens —, Michel Ardan descansava da exaustão do triunfo. Descansar, é claro, não chega a ser a palavra correta, pois as camas americanas eram duras feito mesas de mármore ou granito.

Ardan, portanto, dormia bem mal, virando-se e revirando--se entre aqueles lençóis que mais pareciam guardanapos, e sonhava em instalar um leito mais confortável no projétil quando um barulho violento o arrancou do sono. Batidas desordenadas estrondavam na porta. Pareciam causadas por um instrumento de ferro. Essa chamada um pouco matinal demais se mesclava a vociferações impressionantes.

— Abra! — gritava alguém. — Pelo amor de Deus, abra logo!

Ardan não tinha o menor motivo para obedecer a uma exigência tão ruidosa. Porém, levantou-se e abriu a porta antes que ela cedesse sob a força do visitante obstinado.

O secretário do Gun Club irrompeu no quarto. Nem uma bomba entraria com menos cerimônia.

— Ontem à noite — gritou J. T. Maston de súbito —, nosso presidente foi publicamente ofendido durante a assembleia! Ele provocou o adversário, que não é ninguém menos do que o capitão Nicholl! Eles se confrontarão ainda hoje no bosque de Skersnaw! Fiquei sabendo pelo próprio Barbicane! Se ele for morto, será o fim do projeto! Precisamos interromper o duelo! Ora, só um único homem no mundo seria capaz de imperar sobre Barbicane para impedi-lo, e este homem se chama Michel Ardan!

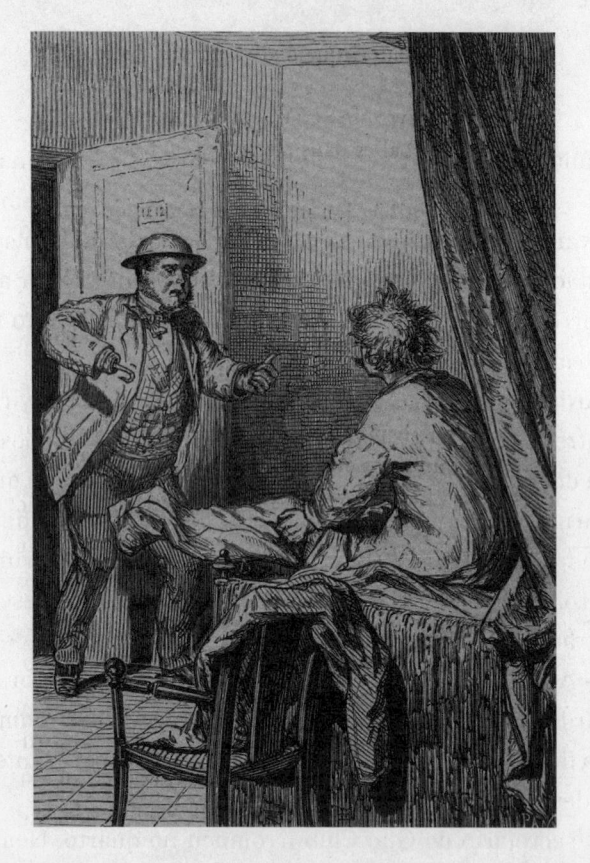

Maston dispara quarto adentro.

Enquanto J. T. Maston falava assim, Michel Ardan, desistindo de detê-lo, foi logo vestindo a calça larga e, em menos de dois minutos, os dois amigos corriam desembestados pela periferia de Tampa.

Foi durante essa corrida que Maston pôs Ardan a par da situação. Ele explicou as verdadeiras causas da inimizade entre Barbicane e Nicholl, como era antiga, por que até então, graças a amigos em comum, o presidente e o capitão nunca tinham se encontrado pessoalmente; acrescentou que tratava-se unicamente de uma rivalidade de couraça e pelouro, e que, enfim, a cena do comício fora apenas uma oportunidade, desejada por Nicholl havia muito, de acertar velhas contas.

Não há nada mais terrível do que esses duelos particulares da América, nos quais dois adversários se perseguem através do matagal, espreitam de trás das moitas e atiram em meio à sarça como feras selvagens. É então que eles devem invejar as maravilhosas qualidades tão naturais aos povos indígenas da região, sua inteligência rápida, sua astúcia engenhosa, sua sensibilidade para rastros, seu olfato para o inimigo. Um erro, uma hesitação, um passo em falso podem levar à morte. Nesses encontros, os ianques são com frequência acompanhados por cães e, caça e caçador ao mesmo tempo, se dedicam àquilo por horas a fio.

— Que diabos de gente vocês são! — exclamou Michel Ardan, quando o companheiro descreveu o cenário inteiro com muita energia.

— Somos assim — respondeu J. T. Maston, modesto. — Mas nos apressemos.

Michel Ardan e ele correram em meio à planície ainda úmida de orvalho, atravessaram as plantações de arroz e os riachos, cortaram todos os atalhos, mas ainda assim não conseguiram chegar ao bosque de Skersnaw antes das cinco e meia. Barbicane já devia ter adentrado a área havia meia hora.

Trabalhava ali um velho lenhador, ocupado em dividir em partes menores as árvores abatidas por seu machado.

Maston correu até ele, aos gritos:

— O senhor viu entrar no bosque um homem armado de fuzil, Barbicane, o presidente... meu melhor amigo?

O digno secretário do Gun Club pensava, ingênuo, que todos haviam de conhecer seu presidente. Porém, o lenhador não pareceu entender.

— Um caçador — tentou Ardan, então.

— Um caçador? Vi, sim — respondeu o lenhador.

— Faz muito tempo?

— Mais ou menos uma hora.

— Chegamos tarde! — exclamou Maston.

— E escutou algum tiro? — perguntou Michel Ardan.

— Não.

— Nenhum?

— Nenhum. Esse caçador não parece muito bom!

— O que faremos? — perguntou Maston.

— Entraremos na mata, correndo o risco de levar uma bala perdida.

— Ah! — exclamou Maston, com ênfase inconfundível. — Prefiro dez tiros na minha cabeça a um sequer na de Barbicane.

— Então vamos! — insistiu Ardan, apertando a mão do companheiro.

Alguns segundos depois, os dois amigos desapareceram matagal adentro. Era um bosque muito cerrado, repleto de ciprestes gigantes, sicômoros, tulipeiros, oliveiras, mata-fomes, carvalhos e magnólias. Essas árvores diversas entrelaçavam os galhos em um emaranhado indecifrável, impedindo que a vista se estendesse além. Michel Ardan e Maston andavam muito próximos, passando em silêncio sob as árvores altas, abrindo caminho em meio a cipós vigorosos, observando arbustos ou galhos perdidos na folhagem escura e espessa e aguardando, a cada passo, a detonação temível dos fuzis. Era impossível reconhecer quaisquer rastros que Barbicane deveria ter deixado ao passar pelo bosque, de modo que os dois caminhavam a esmo naquelas sendas mal percorridas, nas quais um caçador indígena teria seguido passo a passo o trajeto do adversário.

Após uma hora de busca em vão, os companheiros se detiveram. A preocupação só fazia crescer.

— Deve ter acabado — disse Maston, desencorajado. — Um homem como Barbicane não teria ludibriado o inimigo, nem montado armadilha ou tentado alguma manobra! Ele é franco demais, corajoso demais. Foi avante, direto ao perigo, e, sem dúvida, se afastou tanto do lenhador que o vento não carregou o som do disparo!

— Mas e nós, e nós? Teríamos escutado, depois de entrarmos no bosque! — respondeu Michel Ardan.

— E se tivermos chegado tarde demais? — exclamou Maston, com tom de desespero.

Michel Ardan não encontrou resposta, então ele e Maston retomaram a caminhada interrompida. De pouco em pouco, soltavam gritos, chamando Barbicane ou Nicholl, mas nenhum dos adversários respondia. Revoadas alegres de aves, despertadas pelo ruído, sumiam entre os galhos, e alguns veados assustados fugiam precipitados pela mata.

Durante mais uma hora, prolongaram a busca. Exploraram a maior parte do bosque, e nada indicava a presença dos combatentes. Estavam começando a duvidar da afirmação do lenhador, e Ardan estava para desistir daquela investigação inútil quando, de repente, Maston se deteve.

— Quieto! Tem alguém ali! — disse.

— Alguém? — respondeu Michel Ardan.

— Sim! Um homem! Parece imóvel. Não está mais carregando um fuzil. O que está fazendo ali?

— Mas o reconheceu? — perguntou Michel Ardan, cuja vista fraca não adiantava muito naquela circunstância.

— Sim, sim! Ele está se virando — respondeu Maston.

— E quem é?

— O capitão Nicholl!

— Nicholl! — exclamou Michel Ardan, sentindo um aperto forte no peito.

Nicholl, desarmado! Não tinha mais o que temer do adversário?

— Vamos até lá — disse Michel Ardan — e saberemos o que esperar.

Porém, em menos de cinquenta passos, eles pararam para examinar melhor o capitão. Esperavam encontrar um homem com sede de sangue, entregue à vingança! Ao vê-lo, ficaram estupefatos.

Uma rede de trama fechada estava estendida entre dois tulipeiros gigantescos e, no meio da arapuca, um passarinho de asas emaranhadas se debatia, soltando gritos de lamúria. O passarinheiro que estendera a rede inescapável não era um ser humano, e, sim, uma aranha venenosa, típica da região, do tamanho de um ovo de pombo e armada com patas enormes. O animal horrendo, na hora de atacar a presa, precisara voltar atrás e procurar abrigo nos galhos mais altos da árvore, pois um temível inimigo viera ameaçá-lo.

O capitão Nicholl, deixando o fuzil no chão e esquecendo os perigos da circunstância, dedicava-se a soltar com a maior delicadeza possível a vítima capturada pela teia da aranha monstruosa. Quando conseguiu, ajudou o passarinho a voar, que bateu as asas com alegria e partiu.

Nicholl, comovido, o observava fugir por entre os galhos quando escutou as seguintes palavras, pronunciadas por uma voz emocionada:

— O senhor é mesmo um homem corajoso!

Ele se virou. Michel Ardan estava à frente dele, repetindo com ênfase:

— E um homem amável!

Um passarinho se debate na teia.

— Michel Ardan! — exclamou o capitão. — O que o senhor veio fazer aqui?

— Cumprimentá-lo, Nicholl, e impedi-lo de matar Barbicane ou de ser morto por ele.

— Barbicane! — bradou o capitão. — Eu o procuro há duas horas, sem sucesso! Onde ele se escondeu?

— Nicholl, que falta de educação! É sempre necessário respeitar o adversário. Fique tranquilo. Se Barbicane está vivo, nós o encontraremos, e com mais facilidade, pois, se, diferente do senhor, ele não se distraiu socorrendo pássaros oprimidos, estará à sua procura também. Porém, quando o encontrarmos, e é Michel Ardan que declara, não haverá mais duelo — sentenciou o francês.

— Eu e o presidente Barbicane nutrimos tamanha rivalidade que a morte de um de nós... — respondeu Nicholl, sério.

— Ora essa! Ora essa, entre gente corajosa como os senhores, isso deveria ser detestado, mas é estimado. Não vão lutar — insistiu Michel Ardan.

— Lutarei, sim, senhor!

— De modo algum.

— Capitão, eu sou amigo do presidente, sou seu *alter ego*, seu substituto; se deseja tanto assim matar alguém, atire em mim, que dará na mesma — disse então J. T. Maston, com muita sinceridade.

— Senhor — falou Nicholl, apertando o fuzil com a mão trêmula —, que brincadeira...

— Meu amigo Maston não brinca, e entendo sua ideia de morrer pelo homem que ama! Porém, nem ele, nem Barbicane serão derrubados pelos tiros do capitão Nicholl, pois tenho uma proposta tão sedutora aos dois rivais que eles a aceitarão de imediato — respondeu Michel Ardan.

— E qual seria? — perguntou Nicholl, visivelmente incrédulo.

— Paciência. Só posso propor na presença de Barbicane — respondeu Ardan.

— Então vamos procurá-lo! — exclamou o capitão.

Assim, os três homens partiram; o capitão, após desarmar o fuzil, o pendurou no ombro e avançou a passos bruscos, sem dizer nada.

Durante mais meia hora, a busca foi inútil. Maston foi tomado por um pressentimento sinistro. Ele observava Nicholl com severidade, questionando se o capitão não satisfizera a vingança, e o infeliz Barbicane, já vítima de um tiro, jazia sem vida no fundo de alguma moita ensanguentada. Michel Ardan parecia pensar no mesmo, e ambos olhavam com dúvida para o capitão Nicholl quando Maston se deteve de repente.

O busto imóvel de um homem sentado e recostado ao pé de uma catalpa surgia a vinte pés dali, meio escondido pelo mato.

— É ele! — disse Maston.

Barbicane nem se mexeu. Ardan olhou nos olhos do capitão, mas ele nem hesitou. O francês deu alguns passos, chamando:

— Barbicane! Barbicane!

Nada de resposta. Ardan correu até o amigo, mas, quando estava prestes a puxar seu braço, se interrompeu de súbito e soltou um grito de surpresa.

Barbicane, de lápis na mão, rabiscava fórmulas e figuras geométricas em um caderno, ao lado do fuzil desarmado e caído no chão.

Absorto no trabalho, o estudioso, esquecendo, ele também, o duelo e a vingança, não vira, nem ouvira nada.

Quando Michel Ardan tocou na mão dele, contudo, Barbicane ergueu o rosto e o fitou com o olhar espantado.

— Ah! Você! Aqui! Descobri, meu amigo! Descobri! — exclamou, enfim.

— O quê?

— Meu método!

— Que método?

— O método de anular o efeito do ricochete no disparo do projétil!

— Jura? — perguntou Michel, olhando de soslaio para o capitão.

— Juro! É a água! Simples água, que absorverá o impacto... Ah! Maston! O senhor também aqui! — exclamou Barbicane.

— O próprio, e me permita apresentar também o digno capitão Nicholl! — respondeu Michel Ardan.

— Nicholl! — exclamou Barbicane, levantando-se em um instante. — Perdão, capitão, eu me esqueci... Estou pronto...

Michel Ardan interveio antes que os inimigos tivessem tempo de se confrontar.

— Graças! É sorte que dois homens corajosos como os senhores não tenham se encontrado mais cedo! Teríamos, agora, que chorar por um ou pelo outro. Mas, graças à intervenção divina, não temos mais a temer. Quando esquecemos o ódio para mergulhar em problemas de mecânica ou enfrentar aranhas, é sinal de que esse sentimento não apresenta perigo para ninguém.

Michel Ardan contou, então, ao presidente a história do capitão.

— Pergunto, enfim — disse ele, ao concluir —, se dois seres bons como os senhores foram feitos para estourar os miolos um do outro a tiros de carabina.

Havia na situação certo absurdo, algo tão inusitado, que Barbicane e Nicholl não sabiam bem que postura apresentar um em relação ao outro. Michel Ardan percebeu e decidiu adiantar a reconciliação.

— Meus caros amigos — disse ele, com seu melhor sorriso —, entre os senhores houve apenas um mal-entendido. Simples assim. Ora! Para provar que tudo está resolvido, e como os dois estão dispostos a arriscar a própria pele, aceitem de bom grado a proposta que farei.

— Diga — pediu Nicholl.

— O amigo Barbicane acredita que o projétil chegará bem à Lua.

— Sim, é claro — retrucou o presidente.

— E o amigo Nicholl está persuadido de que o projétil cairá de volta na Terra.

— Tenho certeza — declarou o capitão.

— Certo! — continuou Michel Ardan. — Não tenho intenção de fazê-los concordar, apenas sugiro: façam a viagem comigo e vejam se o trajeto dará certo.

— Ué! — exclamou J. T. Maston, estupefato.

Os dois rivais, diante da proposta súbita, se entreolharam. Eles se observavam com atenção. Barbicane aguardava a resposta do capitão. Nicholl esperava as palavras do presidente.

— Então? — insistiu Michel, com seu tom mais encorajador.

— Tendo em conta que não teremos mais que temer o ricochete!

— Aceito! — declarou Barbicane.

Por mais rápido que ele pronunciasse a palavra, Nicholl disse o mesmo, junto ele.

— Eba! Bravo! Viva! Opa! — gritou Michel Ardan, apertando a mão dos dois adversários. — E, agora que a questão foi resolvida, meus amigos, permitam-me convidá-los à francesa. Vamos almoçar.

22

O NOVO CIDADÃO DOS ESTADOS UNIDOS

No mesmo dia, a América inteira ficou sabendo, de uma só vez, a história do capitão Nicholl e do presidente Barbicane, assim como seu desfecho singular. O papel que o cavalheiro europeu tivera no encontro, a proposta inesperada que amenizou as dificuldades, o aceite simultâneo dos dois rivais, a conquista do continente lunar ao qual a França e os Estados Unidos se dirigiam em conjunto; tudo se somou para aumentar a popularidade de Michel Ardan. Todos sabem do frenesi com que os ianques podem se apaixonar por um indivíduo. Em um país onde juízes sérios se atrelam ao carro de uma dançarina e o perseguem com triunfo, não podemos julgar a paixão desencadeada pelo audacioso francês! É provável que só não desengatassem seus cavalos porque ele não tinha nenhum, mas todos os outros sinais de entusiasmo lhe foram dirigidos. Não havia um cidadão que não se unisse a ele, em corpo e alma! *Ex pluribus unum*, "de muitos, um", como declara o lema dos Estados Unidos.

Daquele dia em diante, Michel Ardan não teve mais um momento de paz. Delegações vindas de todos os cantos do país o assediavam, sem pausa ou trégua. Ele precisou recebê-las, querendo ou não. Perdeu as contas de quantas mãos apertou, de quanta gente tratou com simpatia; logo se viu por um fio; sua voz, rouca depois de inúmeros discursos, não escapava mais da boca senão por sons ininteligíveis, e por pouco não foi acometido de gastroenterite depois de tantos brindes que precisou fazer aos condados todos da União. Tamanho sucesso teria derrubado outra pessoa desde o primeiro instante, mas ele soube se manter em um estado semiébrio espirituoso e charmoso.

Entre as delegações de todo tipo que o cercaram, a dos "lunáticos" não esqueceu tudo que devia ao futuro conquistador da Lua. Certo dia, alguns desses coitados, bastante numerosos na América, foram encontrá-lo e pediram para voltar com ele a sua terra natal. Dentre eles, havia os que alegavam saber falar "selenita" e que queriam ensinar a Michel Ardan. Este se dispôs àquela mania inocente com generosidade, encarregando-se de levar encomendas para seus amigos na Lua.

— Que loucura peculiar! — contou a Barbicane após um desses encontros. — E é uma loucura que afeta com frequência pessoas de muita inteligência. Um dos nossos eruditos mais ilustres, François Arago, me dizia que muita gente sábia, de concepções reservadas, se deixava levar em enorme exaltação, singularidades incríveis, sempre que se ocupava da Lua. Você não acredita na influência lunar nas doenças?

— Pouco — respondeu o presidente do Gun Club.

— Eu também não acredito, mas a história registra acontecimentos no mínimo espantosos. Em 1693, por exemplo, durante uma epidemia, o momento em que mais doentes morreram foi o 21 de janeiro, durante um eclipse. O famoso Francis Bacon desmaiava durante os eclipses lunares, para só despertar após o astro emergir por inteiro. O rei Carlos VI teve seis casos de demência em 1399, sempre na lua nova ou na lua cheia. Médicos classificaram a epilepsia entre os males que seguem as fases da Lua. Os transtornos nervosos parecem sofrer sua influência frequente. Richard Mead fala de uma criança que sofria convulsões quando a Lua entrava em oposição.

Franz Joseph Gall notou que a exaltação das pessoas frágeis se intensifica duas vezes por mês, na época das luas nova e cheia. Enfim, há ainda milhares de observações desse tipo sobre vertigens, febres malignas e sonambulismo, que tendem a provar que o astro noturno tem uma influência misteriosa nas doenças terrestres.

— Mas como? Por quê? — perguntou Barbicane.

— Por quê? — respondeu Ardan. — Ora, darei a mesma resposta que Arago dizia, dezenove séculos após Plutarco: "Talvez porque não seja verdade!"

No meio do triunfo, Michel Ardan não conseguiu escapar de nenhum dos estorvos inerentes à celebridade. Os empresários de sucesso queriam exibi-lo. P. T. Barnum ofereceu um milhão de dólares para desfilar com ele pelas cidades dos Estados Unidos, como se ele fosse um animal curioso. Michel Ardan o chamou de elefantário e o mandou catar coquinho.

Embora se recusasse a satisfazer de tal modo a curiosidade do público, seus retratos, pelo menos, percorreram o mundo inteiro e ocuparam lugar de honra nos álbuns; imprimiram provas de todas as dimensões, do tamanho natural às reduções microscópicas dos selos. Era possível obter o herói em todas as poses imagináveis — de cabeça, de busto, de corpo inteiro, de frente, de perfil, de costas. Foram vendidos mais de 1.500.000 exemplares, e Ardan teve a oportunidade de se distribuir por aí em relíquias, mas não aproveitou. Se vendesse fios de cabelo por um dólar, teria o suficiente para fazer fortuna!

De modo geral, a popularidade não o desagradava. Muito pelo contrário. Ele se disponibilizava para o público e se correspondia com o mundo todo. Repetiam suas frases feitas por aí, espalhando-as, em especial aquelas que ele nunca dissera. Atribuíam-lhe tudo, como era habitual, pois de frases feitas ele vivia cheio.

Não era apenas admirado pelos homens, como também pelas mulheres. A quantos bons partidos se uniria em matrimônio, se não fosse pela falta de desejo de se comprometer. As moças solteiras mais velhas, sobretudo, aquelas que havia quarenta anos morriam de impaciência, sonhavam dia e noite diante de seus retratos.

É certo que ele teria encontrado centenas de companheiras, mesmo que lhes impusesse a condição de segui-lo pelos ares. As mulheres são intrépidas, se não tiverem medo de tudo. Porém, sua intenção não era povoar o continente lunar nem transplantar um cruzamento de franceses e americanos. Por isso, recusou.

— Fazer papel de Adão com uma Eva lá no alto? — dizia. — Não, muito obrigado! Só me faltava encontrar serpentes!

Quando, por fim, conseguiu se soltar das alegrias repetitivas do triunfo, ele foi, acompanhado pelos amigos, visitar o canhão. Era o mínimo que devia fazer. Além do mais, tinha ganhado muita experiência em balística desde que começara a andar com Barbicane, J. T. Maston e *tutti quanti*. Seu maior prazer consistia em dizer àqueles corajosos artilheiros que eram meros assassinos simpáticos e sábios. Ele não poupava piadas do gênero. No dia da visita, o columbíade lhe causou bastante admiração, e o francês desceu ao fundo do cano do morteiro gigantesco que em breve o arremessaria no astro noturno.

— Pelo menos — disse —, esse canhão não fará mal a ninguém, o que já é uma surpresa e tanto, visto que se trata de um canhão. Mas, quanto a esses apetrechos que destroem, incendeiam, quebram e matam, nem me digam nada, e nunca venham falar que os canos têm "alma", porque não acredito!

Aqui é preciso relatar uma informação relativa a J. T. Maston. Quando o secretário do Gun Club escutou Barbicane e Nicholl aceitarem a proposta de Michel Ardan, decidiu juntar-se a eles e formar um quarteto. Certo dia, pediu para participar da viagem. Barbicane, lamentando a recusa, explicou que o projétil não tinha capacidade para tantos passageiros. J. T. Maston, desesperado, foi atrás de Michel Ardan, que o convidou a aceitar, lançando mão de argumentos *ad hominem*.

— Veja bem, meu caro Maston — falou —, não me leve a mal, mas, sinceramente, entre nós quatro, você é incompleto demais para a Lua!

"Venham comigo."

— Incompleto! — gritou o valente sem mão.

— Isso mesmo, meu caro amigo! Imagine se encontrarmos habitantes lá em cima. Quer dar para eles uma noção tão triste do que acontece aqui embaixo, ensinar o que é a guerra, mostrar que dedicamos tanto tempo a devorar e destruir uns aos outros, a quebrar pernas e braços, em um globo que poderia alimentar cem bilhões de habitantes, mas onde há pouco mais de um bilhão? Ora, amigo, você causaria a nossa expulsão!

— Mas, se chegarem despedaçados — retrucou J. T. Maston —, estarão tão incompletos quanto eu!

— Sem dúvida — respondeu Michel Ardan —, mas chegaremos inteiros.

Um experimento prévio, feito no dia 18 de outubro, teve mesmo o melhor dos resultados, dando margem à esperança legítima. Barbicane, querendo entender o efeito do ricochete no disparo do projétil, encomendou um morteiro de 32 polegadas do arsenal de Pensacola. Ele foi instalado na margem da rada de Hillsborough, para que a bomba caísse no mar, amortecendo o impacto. O objetivo era testar o rebote na saída, e não o choque na chegada.

Prepararam um projétil oco com o maior cuidado para o experimento curioso. Uma camada grossa e acolchoada, disposta sobre uma rede de molas feitas do melhor aço, forrava o objeto por dentro. Era um verdadeiro ninho, minuciosamente estofado.

— Que pena não caber aí dentro! — lamentou-se J. T. Maston, cujo tamanho não lhe permitia experimentar a aventura.

Naquela simpática bomba, fechada por meio de uma tampa aparafusada, colocaram primeiro um gato gordo, depois um esquilo, que pertencia ao secretário perpétuo do Gun Club e pelo qual J. T. Maston tinha especial carinho. Porém, queriam saber como o animal tão pequeno, e pouco sujeito à vertigem, se sairia na viagem experimental.

O morteiro foi carregado com 160 libras de pólvora e a bomba, posicionada no cano. Então o dispararam.

O projétil logo se ergueu com rapidez, descreveu majestosamente sua parábola, atingiu a altura de cerca de mil pés e, seguindo uma curva graciosa, afundou no meio das ondas.

Sem perder um instante, uma embarcação se dirigiu ao local da queda. Mergulhadores experientes se jogaram na água e amarraram cabos nas bordas da bomba, sem demora içada. Passaram-se menos de cinco minutos entre o momento em que os animais foram presos ali e o instante em que a tampa da jaula foi aberta.

Ardan, Barbicane, Maston e Nicholl, a bordo da embarcação, assistiram ao processo com interesse compreensível. Assim que a bomba foi aberta, o gato pulou para fora, um pouco desgrenhado, mas cheio de vida, sem parecer ter acabado de voltar de uma expedição aérea. Do esquilo, porém, não havia nem sinal. Procuraram bem. Nada. Foi preciso admitir a verdade: o gato tinha comido o companheiro de viagem.

J. T. Maston sofreu muito com a perda do pobre esquilo e decidiu inscrevê-lo na lista de mártires da ciência.

De qualquer modo, após o experimento, as dúvidas e hesitações desapareceram. O plano de Barbicane ainda envolvia aperfeiçoar o projétil e anular quase que por inteiro o efeito do ricochete. Restava apenas partir.

Dois dias depois, Michel Ardan recebeu um recado do presidente do país, honra à qual mostrou especial sensibilidade.

Seguindo o exemplo de seu compatriota cavalheiro, o marquês de Lafayette, o governo concedia a ele o título de cidadão dos Estados Unidos da América.

O gato retirado da bomba.

23

O VAGÃO-PROJÉTIL

Após a fabricação do célebre canhão columbíade, o interesse do público passou sem demora para o projétil, o novo veículo destinado a transportar através do espaço os três aventureiros audaciosos. Ninguém esquecera que, no telegrama do 30 de setembro, Michel Ardan pedia uma modificação na construção interrompida pelos membros do comitê.

De início, o presidente Barbicane acreditava, com razão, que a forma do projétil era irrelevante, pois, após atravessar a atmosfera em questão de segundos, ele trilharia seu percurso no vazio absoluto. Portanto, o comitê adotara a forma esférica, para que a bala girasse em si e se comportasse como previsto. Já transformá-lo em veículo exigira outra forma. Michel Ardan não queria viajar no estilo dos esquilos; desejava subir de cabeça para cima e pés para baixo, com a mesma dignidade do cesto de um balão — decerto mais rápido, mas sem se prestar a uma série de cambalhotas deselegantes.

Portanto, um novo projeto foi enviado à Breadwill e Cia. de Albany, com a recomendação de fabricá-lo sem delongas. O projétil modificado foi fundido em 2 de novembro e logo enviado a Stone's Hill pelas ferrovias do leste.

No dia 10, chegou ao destino, sem percalços. Michel Ardan, Barbicane e Nicholl aguardavam, impacientes, o "vagão-projétil" do qual seriam passageiros para voar em direção à descoberta de um novo mundo.

É preciso admitir que era uma peça de metal magnífica, um produto metalúrgico digno da maior honra da genialidade industrial dos americanos. Era a primeira vez que se obtinha alumínio em volume tão considerável, o que poderia ser visto, sem erro, como um resultado de prodígio. O projétil precioso reluzia sob os raios do sol. Vendo-o assim, com formas imponentes e ponta cônica, daria para confundi-lo com uma daquelas torres grossas que os arquitetos da Idade Média suspendiam, inclinadas, dos fortes. Faltavam apenas a seteira e a ventoinha.

A chegada do projétil a Stone's Hill.

— Esperaria até que saísse daí um guerreiro armado de arcabuz e brigandina — declarou Michel Ardan. — Aí dentro, seremos quase senhores feudais, e, com um pouco de artilharia, enfrentaremos todos os exércitos selenitas, se ainda existirem na Lua!

— Então o veículo agradou? — perguntou Barbicane ao amigo.

— Mas é claro! Sem dúvida — respondeu Michel Ardan, examinando-o com olhar de artista. — Só é uma pena que a forma não seja mais afinada; o cone, mais gracioso... Deveríamos tê-lo finalizado com um conjunto de enfeites em metal guilhochado, com uma quimera, por exemplo, uma gárgula, uma salamandra emergindo do fogo de asas abertas e boca escancarada...

— Para quê? — perguntou Barbicane, cuja personalidade era pouco sensível à beleza da arte.

— Para quê, meu amigo Barbicane? Ora! Se precisa perguntar, temo que nunca vá entender!

— Mas me diga, meu caro companheiro.

— Bem, na minha opinião, é sempre preciso botar um pouco de arte no que fazemos. Cai melhor. Conhece uma peça índiana chamada *Mṛcchakatika*?

— Nunca ouvi falar — respondeu Barbicane.

— Não me surpreende — retrucou Michel Ardan. — Na peça, há um ladrão que, na hora de perfurar a parede de uma casa, se pergunta se deve abrir o furo na forma de lira, de flor, de pássaro ou de ânfora. Diga-me, então, Barbicane: se, nessa época, você estivesse no júri, teria condenado o ladrão?

— Sem a menor hesitação, com agravante de invasão de domicílio — respondeu o presidente do Gun Club.

— E eu o teria absolvido, caro Barbicane! Por isso você não vai me entender!

— Não vou nem tentar, meu valente artista.

— Mas, no mínimo — continuou Michel Ardan —, visto que a parte externa do nosso vagão-projétil deixa a desejar, deixe-me mobiliá-lo como eu quiser, com todo o luxo digno dos embaixadores terrestres!

— Neste aspecto, caro Michel, pode seguir seus sonhos, que o deixaremos fazer tudo em paz — respondeu Barbicane.

Antes de passar para o lado agradável, contudo, o presidente do Gun Club tinha pensado no lado prático, e os métodos que inventou para aliviar o efeito do ricochete foram aplicados com perfeita inteligência.

Barbicane considerara, com razão, que nenhuma mola seria suficiente para amortecer o impacto, e, durante o famoso passeio no bosque, resolvera a enorme dificuldade com uma ideia engenhosa. Era à água que pediria o serviço necessário. Aconteceria assim:

O projétil deveria ser preenchido com uma camada de água atingindo a altura de três pés, destinada a sustentar um disco de madeira todo impermeável, que deslizaria por fricção nas paredes internas do projétil. Os viajantes se instalariam naquela jangada. Quanto ao volume líquido, seria dividido por partições horizontais, que o impacto do disparo quebraria em sequência. Assim, cada camada de água, da mais baixa à mais alta, escaparia por tubos de liberação no sentido da parte superior do projétil, funcionando, assim, como uma mola, e o disco, também armado de rolhas poderosíssimas, só bateria no fundo após a destruição sequencial das diversas partições. Os viajantes de certo ainda sentiriam um choque violento após o escapamento completo do líquido, mas o primeiro impacto deveria ser quase todo amortecido pela mola potente.

É verdade que três pés de água em uma superfície de 154 pés quadrados pesariam perto de 11.500 libras; no entanto, a emissão de gases acumulados no canhão seria suficiente, de acordo com Barbicane, para superar o acréscimo de peso. Além do quê, o choque deveria expulsar a água toda em menos de um segundo, e o projétil logo retomaria a aceleração da gravidade normal.

Eis o que o presidente do Gun Club tinha imaginado, sua possível solução para a grave questão do ricochete. De resto, tal trabalho, entendido com sagacidade pelos engenheiros de Breadwill, foi executado com maestria. Ao atingir o efeito e expulsar a água, os viajantes poderiam se livrar sem dificuldade das partições rachadas e descer do disco móvel que os sustentaria no momento de partida.

Já as camadas superiores do projétil eram revestidas por um forro grosso de couro, cobrindo espirais do melhor aço, suaves como as molas de um relógio. Os cabos de escapamento escondidos sob o forro não davam o menor indício de sua existência.

Assim, todas as precauções imagináveis para amortecer o primeiro impacto foram tomadas, e para acabarem esmagados, dizia Michel Ardan, só se fossem "barra-pesada".

O projétil, por fora, media nove pés de largura por doze de altura. Para não ultrapassar o peso determinado, tinham diminuído um pouco a espessura do metal e reforçado a parte inferior, que devia aguentar toda a força dos gases emitidos pela deflagração da piroxilina. É como funcionam as bombas e os obus cilíndrico-cônicos, cuja base é sempre mais grossa.

A entrada da torre de metal era uma abertura estreita na lateral do cone, semelhante às portinholas das caldeiras. A porta era fechada hermeticamente por uma placa de alumínio sustentada por dentro por parafusos de pressão potentes. Os viajantes podiam, então, sair à vontade da jaula móvel, assim que chegassem à Lua.

Porém, não bastava chegar lá; era preciso admirar a vista no caminho. Nada mais simples. Sob o forro se encontravam quatro vigias de vidro lenticular muito espesso, duas perfuradas na camada circular do projétil, uma terceira na parte inferior, e a quarta, na ponta cônica. Assim, os passageiros poderiam observar ao mesmo tempo, durante o trajeto, a Terra que abandonavam, a Lua de que se aproximavam, e o espaço constelado do céu. As vigias eram protegidas do impacto da partida por placas sólidas embutidas, que era fácil jogar fora ao desaparafusar porcas por dentro. Assim, o ar contido no projétil não escaparia, mas seria possível observar.

Todos esses mecanismos, estabelecidos com primor, funcionavam sem dificuldade, e os engenheiros não se mostraram menos inteligentes ao aparelhar o vagão-projétil.

Recipientes bem fixados conteriam a água e a alimentação necessária para os três passageiros, que poderiam até ter acesso a fogo e luz por meio do gás embutido em um recipiente especial, sob pressão de muitas atmosferas. Bastava abrir uma torneira, que o gás iluminaria e aqueceria o veículo confortável por seis dias. Dá para ver que não faltava nada de essencial para a vida, até para o bem-estar. Além do mais, graças ao instinto de Michel Ardan, o útil se uniu ao agradável na forma de obras de arte; se tivesse mais espaço, ele teria transformado o projétil em um verdadeiro ateliê. Fora isso, seria um equívoco supor que três pessoas ficariam apertadas naquela torre metálica. A superfície era de 54 pés quadrados, com dez pés de altura, o que possibilitava aos hóspedes certa liberdade de movimento. Eles não estariam mais à vontade nem no vagão mais confortável dos Estados Unidos.

Tendo resolvido a questão de alimentação e iluminação, restava o problema do ar. Era óbvio que o ar contido no projétil não seria suficiente para três passageiros respirarem por quatro dias; na realidade, todo homem consome, em média, o oxigênio contido em cem litros de ar por hora. Barbicane, os dois companheiros e os dois cães que pretendiam levar consumiriam, a cada 24 horas, 2.400 litros de oxigênio, ou, em peso, aproximadamente sete libras. Era, portanto, preciso renovar o ar do projétil. Mas como? Por um procedimento muito simples, aquele de Reiset e Regnault, indicado por Michel Ardan durante o comício.

Sabe-se que o ar é composto principalmente de 21 partes de oxigênio, e 69 partes de nitrogênio. Ora, o que ocorre durante a respiração? Um fenômeno muito simples. O ser humano absorve o oxigênio do ar, fundamental para a sobrevivência, e expele o nitrogênio intacto. O ar expirado perde cerca de 5% do oxigênio e contém um volume mais ou menos equivalente de gás carbônico, produto definitivo da combustão dos elementos do sangue pelo oxigênio inspirado. Ocorre então que, em um ambiente fechado, após determinado tempo, o oxigênio do ar é todo substituído por gás carbônico, que é, em essência, insalubre.

A questão, então, era a seguinte: considerando que o nitrogênio se conservara intacto, 1) renovar o oxigênio absorvido; 2) destruir o gás carbônico expirado. Processo facílimo, graças ao clorato de potássio e ao hidróxido de potássio.

O clorato de potássio é um sal que se apresenta na forma de flocos brancos; ao ser levado a uma temperatura superior a quatrocentos graus, se transforma em cloreto de potássio, e o oxigênio que contém é todo expelido. Assim, dezoito libras de clorato de potássio rendem sete libras de oxigênio, isto é, a quantidade necessária para os passageiros durante 24 horas. A renovação do oxigênio estava resolvida.

Quanto ao hidróxido de potássio, é um material muitíssimo reativo ao gás carbônico misturado ao ar, e basta agitá-lo para que o capture, na forma de bicarbonato de potássio. A absorção do gás carbônico estava resolvida.

Combinando os dois métodos, era garantido devolver ao ar nocivo todas as qualidades revigorantes. Era o resultado bem-sucedido do experimento de dois químicos, Reiset e Regnault.

Porém, é preciso acrescentar que, até então, a experiência ocorrera apenas *in anima vili*, ou seja, sem cobaias humanas. Independentemente da precisão científica, não se sabia de modo algum seu efeito nos homens em questão.

Foi esse o aspecto comentado na reunião tratando do assunto grave. Michel Ardan não queria nem cogitar viver à base de ar tóxico e se ofereceu para experimentar antes da partida.

Entretanto, a honra do experimento foi exigida vigorosamente por J. T. Maston.

— Como não partirei, o mínimo é que eu viva no projétil por oito dias — disse o corajoso artilheiro.

Seria falta de educação recusar, então o comitê cedeu a seu desejo. Forneceram-lhe quantidade suficiente de clorato de potássio e hidróxido de potássio, assim como víveres adequados para oito dias. Após apertar a mão dos amigos, no dia 12 de novembro, às 6h, sob recomendação incisiva de não abrir a jaula antes das 18h do dia 20, ele entrou no projétil e fechou a placa hermeticamente.

O que ocorreu nesse período? É impossível saber. A grossura do projétil impedia quem estava de fora de ouvir os ruídos de dentro.

Precisamente às 18h do dia 20, a placa foi aberta. Os amigos de J. T. Maston estavam, sim, um pouco inquietos, mas logo se tranquilizaram ao ouvir uma voz alegre que exclamava vivas estrondosos.

O secretário do Gun Club apareceu no topo do cone em uma pose triunfal.

Ele tinha engordado!

Ele tinha engordado!

24

O TELESCÓPIO DAS MONTANHAS ROCHOSAS

Em 20 de outubro do ano anterior, após o fim da arrecadação, o presidente do Gun Club transferira ao Observatório de Cambridge o valor necessário para construir um vasto instrumento ótico. O aparelho, luneta ou telescópio, deveria ter potência suficiente para visualizar na superfície da Lua um objeto de, no máximo, nove pés de largura.

Há uma diferença importante entre a luneta e o telescópio, e é bom lembrá-la aqui. A luneta é composta por um tubo que tem, na extremidade superior, uma lente convexa chamada de objetiva, e, na extremidade inferior, outra lente, chamada de ocular, na qual o observador encosta o olho. Os raios que emanam do objeto luminoso atravessam a primeira lente e, por refração, formam uma imagem invertida no ponto focal.[1] Esta imagem é observada pela lente ocular, que a amplia como uma lupa faria. O tubo da luneta, portanto, tem as duas extremidades fechadas pelas lentes objetiva e ocular.

Diferente da luneta, o tubo do telescópio tem a extremidade superior aberta. Os raios vindos do objeto observado entram ali livremente e encontram um espelho metálico côncavo, ou seja, convergente. Dali, os raios refletidos encontram um espelho

---

1. Ponto onde os raios de luz se reúnem depois da refração.

menor, que os transmite à lente ocular, disposta de modo a ampliar a imagem produzida.

Portanto, nas lunetas, o papel principal é da refração, e, nos telescópios, da reflexão especular. Daí essas primeiras serem chamadas de refratores, e estes últimos, de refletores. A dificuldade de execução de tais aparelhos óticos se encontra toda na confecção das objetivas, sejam feitos de lentes ou espelhos metálicos.

Entretanto, na época em que o Gun Club efetuou seu grande experimento, ambos os instrumentos tinham sido especialmente aperfeiçoados, com resultados magníficos. Já ficara para trás a época em que Galileu observava os astros com sua mísera luneta, que ampliava a imagem em no máximo sete vezes. Desde o século 16, os aparelhos óticos cresceram e esticaram em proporções consideráveis, permitindo avaliar o espaço estelar em profundidade até então inédita. Entre os instrumentos refratores que funcionavam na época, podemos citar a luneta do Observatório de Pulkovo, na Rússia, cuja objetiva mede quinze polegadas (aproximadamente 38 centímetros),[2] a luneta do ótico francês Lerebours, dotada de uma objetiva equivalente à anterior, e, também, a luneta do Observatório de Cambridge, munida de uma objetiva de dezenove polegadas de diâmetro (por volta de 48 centímetros).

Entre os telescópios, dois de potência notável e dimensão gigantesca eram conhecidos. O primeiro, construído por Herschel, tinha 36 pés de comprimento, e um espelho de 4,5 pés de largura; este ampliava em até 6 mil vezes. O segundo estava na Irlanda, no castelo de Birr, em Parsonstown, e pertencia ao conde de Rosse. O comprimento do tubo era de 48 pés, e o diâmetro

---

2. Custou 80 mil rublos.

do espelho, seis pés (1,93 m²);[3] ele ampliava em 6.400 vezes, e foi preciso construir uma imensa estrutura de alvenaria para os aparelhos necessários para manobrar o instrumento, que pesava em torno de 28 mil libras.

Porém, apesar das dimensões colossais, percebemos que a ampliação obtida não passava da casa de 6 mil. Tal ampliação aproximaria a Lua a no máximo 39 milhas (dezesseis léguas), e revelaria apenas objetos de, no mínimo, sessenta pés de diâmetro, a não ser que fossem muito esticados.

Ora, na situação, tratava-se de um projétil de nove pés de largura e quinze de comprimento. Portanto, era preciso aproximar a Lua a cinco milhas, pelo menos, e, para tal, atingir ampliações de 48 mil vezes.

Era essa a questão apresentada ao Observatório de Cambridge. Ele não devia se deter por dificuldades financeiras; assim, restavam as dificuldades práticas.

Foi preciso, logo no começo, optar entre telescópio e luneta. As lunetas apresentam vantagens. Considerando objetivas equivalentes, elas obtêm ampliações mais consideráveis, pois os raios luminosos que atravessam as lentes perdem menos em absorção do que na reflexão especular no espelho metálico dos telescópios. Por outro lado, a espessura máxima de uma lente é limitada, pois, passando de certo tamanho, ela impossibilita a passagem dos raios. Ademais, a construção de lentes tão grandes é excessivamente difícil e exige um tempo considerável, medido na casa dos anos.

Então, embora as imagens ficassem mais iluminadas nas lunetas, vantagem irrelevante na observação da Lua, cuja luz é

---

3. Fala-se muito sobre lunetas maiores; inclusive uma com trezentos pés de foco, construída por Domenico Cassini no Observatório de Paris. Contudo, cabe lembrar que elas não possuíam tubo. A objetiva ficava suspensa, apoiada em hastes, e o observador segurava a ocular no foco da objetiva da melhor forma possível. É compreensível que tais instrumentos fossem desconfortáveis e difíceis de operar diante de tal situação.

simplesmente refletida, decidiu-se utilizar um telescópio, que tem fabricação mais ágil e possibilita ampliações mais potentes. Contudo, como os raios perdem grande parte da intensidade ao atravessar a atmosfera, o Gun Club optou por instalar o instrumento em uma das montanhas mais altas do país, para diminuir a espessura das camadas aéreas.

Nos telescópios, como vimos, a lente ocular, isto é, a lupa posicionada junto ao olho do observador, é o que produz a ampliação, e a objetiva que suporta maiores ampliações é aquela cujo diâmetro é mais amplo, e cuja distância focal é maior. Para ampliar em 48 mil vezes, era preciso ultrapassar consideravelmente o tamanho das objetivas de Herschel e do conde de Rosse. Estava ali a dificuldade, pois a fabricação desses espelhos é uma tarefa delicadíssima.

Felizmente, alguns anos antes, um estudioso do Instituto Francês, Léon Foucault, acabara de inventar um processo que tornava muito fácil e rápido o polimento das objetivas, substituindo os espelhos metálicos pelos espelhos de prata. Bastava derreter um pedaço de vidro do tamanho desejado e metalizá-lo com um sal de prata. Foi esse o procedimento, de resultado excelente, para a fabricação da objetiva.

Em seguida, montaram o telescópio seguindo o método imaginado por Herschel. No enorme aparelho do astrônomo inglês, a imagem dos objetos, refletida pelo espelho inclinado no fundo do tubo, se formava na outra extremidade, onde ficava a ocular. O observador, em vez de se posicionar na parte inferior do tubo, subia até a parte superior e, ali, com uma lupa, mergulhava no enorme cilindro. Essa combinação tinha a vantagem de suprimir o espelho menor destinado a levar a imagem à ocular. Dessa forma, a imagem passava por apenas uma reflexão especular, em vez de duas, perdia menos raios de luz e ficava menos fraca.

Assim, obtinha-se mais clareza, vantagem preciosa na observação a fazer.[4]

Tomadas as decisões, começou o trabalho. De acordo com os cálculos do departamento do Observatório de Cambridge, o tubo do novo refletor deveria ter 280 pés de comprimento, e seu espelho, dezesseis pés de diâmetro. Por mais colossal que fosse um instrumento daqueles, nem se comparava ao telescópio de 10 mil pés de comprimento (por volta de três quilômetros) que o astrônomo Hooke propunha construir alguns anos antes. Mesmo assim, a construção de um aparelho desses apresentava grandes dificuldades.

Quanto à questão do local, a solução foi rápida. Era só escolher uma montanha alta, e não são muitas as montanhas altas nos Estados Unidos.

Na realidade, o relevo do vasto país contém apenas duas cordilheiras de altura média, entre as quais corre o magnífico Mississípi, que os americanos chamariam de "rei dos rios", se admitissem qualquer realeza.

A leste, estão as Apalaches, cujo cume mais alto, em New Hampshire, não ultrapassa modestos 5.600 pés.

A oeste, encontramos as Montanhas Rochosas, uma cordilheira imensa que começa no estreito de Magalhães, segue a costa ocidental da América do Sul sob o nome de Andes, cruza o istmo do Panamá e atravessa a América do Norte até a orla do mar polar.

Essas montanhas não são tão elevadas, e os Alpes ou o Himalaia desdenhariam delas dos seus topos altos. Na realidade, o maior cume da cordilheira tem apenas 10.600 pés, enquanto o Monte Branco mede 14.439 pés, e o Kanchenjunga,[5] 26.776 pés, acima do nível do mar.

---

4. Tais refletores são chamados de *"front view telescope"*.

5. Pico mais alto do Himalaia.

Porém, como o Gun Club fazia questão de que o telescópio, assim como o canhão, fosse estabelecido nos Estados Unidos, tiveram de se contentar com as Montanhas Rochosas, e todo o material necessário foi dirigido ao cume de Longs Peak, no território do Missouri.

A pena e a palavra não dariam conta de descrever as diversas dificuldades que os engenheiros americanos tiveram de superar, e os prodígios de audácia e habilidade que demonstraram. A empreitada revelou-se um verdadeiro *tour de force*. Foi necessário carregar pedras enormes, peças forjadas pesadas, cantoneiras de peso considerável, pedaços imensos do cilindro, e a objetiva, que por si só pesava mais de 30 mil libras, passando do limite da neve perene, a mais de 10 mil pés de altura, depois de atravessar prados desertos, florestas impenetráveis, corredeiras apavorantes, tudo longe dos centros povoados e em meio a regiões inabitadas em que o menor detalhe da existência se torna um problema quase sem solução. Ainda assim, o espírito americano triunfou sobre esses mil obstáculos. Menos de um ano após o início das obras, nos últimos dias do mês de setembro, o refletor gigantesco erguia aos céus seu tubo de 280 pés. Ele ficava suspenso por uma enorme estrutura de ferro, e um mecanismo engenhoso possibilitava manobrá-lo com facilidade, apontá-lo para todos os pontos do céu e acompanhar os astros de um lado ao outro do horizonte durante sua travessia no espaço.

Tinha custado mais de 400 mil dólares. Na primeira vez que o voltaram para a Lua, os observadores sentiram uma emoção ao mesmo tempo curiosa e inquieta. O que descobririam no escopo desse telescópio que ampliava em 48 mil vezes os objetos observados? Populações, rebanhos de animais lunares, cidades, lagos, mares? Não, nada que a ciência já não soubesse, e, em toda a extensão de seu disco, a natureza vulcânica da Lua foi determinada com precisão absoluta.

O telescópio das Montanhas Rochosas, antes de servir ao Gun Club, prestou serviços imensos à astronomia. Graças à sua potência de alcance, as profundezas do céu foram sondadas até o último limite, o diâmetro aparente de uma grande quantidade de estrelas foi rigorosamente medido, e M. Clarke, do departamento de Cambridge, destrinchou a Nebulosa do Caranguejo da constelação de Touro, que o refletor do conde de Rosse nunca conseguira analisar.

O telescópio das Montanhas Rochosas.

25

ÚLTIMOS DETALHES

Era dia 22 de novembro. A viagem suprema estava para ocorrer dali a dez dias. Faltava concluir apenas uma operação, uma delicada e perigosa, que exigia precauções infinitas e cujo sucesso era alvo da terceira aposta do capitão Nicholl. Tratava-se de carregar o canhão e introduzir as 400 mil libras de algodão-pólvora. Nicholl tinha pensado, com certa lógica, que a manipulação de tamanha quantidade de piroxilina levaria a catástrofes graves, e que, de qualquer modo, uma massa tão eminentemente explosiva pegaria fogo sozinha sob a pressão do projétil.

Perigos graves ainda se somavam dados o desleixo e o relaxamento dos americanos, que, durante a guerra federal, nem se incomodavam de carregar as bombas com um charuto ainda na boca. Barbicane, porém, estava decidido a conseguir e a não morrer na praia, de modo que escolheu os melhores operários, os supervisionou, não desviou o olhar deles por um segundo sequer, e, por prudência e precaução, aproveitou a seu favor todas as chances de sucesso.

De início, ele evitou levar a munição toda ao recinto de Stone's Hill. Trouxe o material aos poucos, em engradados vedados com perfeição. As 400 mil libras de piroxilina foram divididas de quinhentas em quinhentas libras, compondo oitocentos cartuchos grossos confeccionados com cuidado pelos fogueteiros mais experientes de Pensacola. Cada engradado tinha capacidade para dez cartuchos, chegando um atrás do outro pela ferrovia de Tampa; desse modo, nunca havia mais de 5 mil libras de piroxilina no recinto ao mesmo tempo. Assim que chegavam, os engradados eram descarregados por operários descalços, e os cartuchos, transportados até o orifício do canhão, pelo qual desciam por meio de gruas manobradas à mão. As máquinas de vapor foram todas afastadas, e os fogos, apagados em um raio de duas milhas. Já era excessivo preservar aquele monte de algodão-pólvora sob o calor do sol, mesmo em novembro. Portanto, o trabalho era feito preferencialmente durante a noite, ao brilho de uma luz acesa por indução, que, por meio dos aparelhos de Ruhmkorff, criava um dia artificial até no fundo do canhão. Lá, os cartuchos eram enfileirados em intervalos perfeitamente regulares, e conectados por um fio metálico que transmitiria ao mesmo tempo a faísca elétrica ao centro de todos.

Era por meio de uma pilha que o fogo deveria ser aceso naquele amontoado de algodão-pólvora. Os fios todos, envoltos em material isolante, se reuniam em um só cabo, passando por um orifício estreito perfurado na altura em que o projétil deveria ser mantido. Dali, atravessavam a parede estreita de ferro e chegavam à altura do chão por um dos canais de ventilação do revestimento de pedra, conservado para esse fim. Quando atingia o topo de Stone's Hill, o fio, sustentado por postes por uma extensão de duas milhas, chegava a uma poderosa pilha de Bunsen, passando por um aparelho interruptor. Bastava, então, apertar o botão do aparelho para restabelecer a corrente e atear fogo às 400 mil libras de algodão-pólvora. Não é preciso nem dizer que só deveriam ativar a pilha no último instante.

No dia 28 de novembro, os oitocentos cartuchos estavam por fim dispostos no fundo do canhão. Essa parte da operação dera certo. Mas quanta ansiedade, quanta preocupação, quanta batalha o presidente Barbicane enfrentara! Em vão, tinha bloqueado a entrada de Stone's Hill; todo dia, os curiosos escalavam a paliçada, e alguns, cuja imprudência beirava a loucura, iam até fumar no meio das balas de algodão-pólvora. Barbicane vivia em fúria. J. T. Maston o apoiava como podia, rechaçando os intrusos com imenso vigor e recolhendo as bitucas de charuto ainda acesas que os ianques largavam por todo canto. Era uma tarefa árdua, pois mais de 300 mil pessoas se aglomeravam ao redor das paliçadas. Michel Ardan chegou a se oferecer para escoltar os cartuchos até a boca do canhão; mas o presidente do Gun Club, após flagrar o francês com um charuto enorme na boca enquanto expulsava os imprudentes para os quais servia de exemplo funesto, percebeu que não podia contar com aquele fumante intrépido e foi obrigado a supervisionar tudo em pessoa.

Por fim, como Deus existe também para os artilheiros, nada explodiu, e o carregamento foi concluído. A terceira aposta do capitão Nicholl, portanto, era bem arriscada. Faltava introduzir o projétil no canhão e posicioná-lo sobre a camada grossa de algodão-pólvora.

Contudo, antes de prosseguir com a operação, os objetos necessários para a viagem foram dispostos de maneira organizada no vagão-projétil. Era uma quantidade grande de coisas que, se deixassem Michel Ardan a seu bel-prazer, acabariam ocupando todo o espaço reservado para os passageiros. Nem se imagina o que o simpático francês queria levar para a Lua. Uma verdadeira abundância de quinquilharias. Felizmente, Barbicane interveio e o limitou apenas ao necessário.

Diversos termômetros, barômetros e lunetas foram dispostos na caixa de instrumentos.

Os passageiros estavam curiosos para examinar a Lua durante o trajeto e, para facilitar o reconhecimento do novo mundo, levariam um excelente atlas de Beer e Mädler, o *Mappa selenographica*, publicado em quadrantes, considerado, com razão, uma verdadeira obra-prima de observação e paciência. Ele reproduzia com precisão minuciosa os mínimos detalhes da porção do astro voltada para a Terra: viam-se montanhas, vales, depressões, crateras, picos e ranhuras na dimensão exata, orientação fiel e denominação, dos montes Doerfel e Leibnitz, cujo cume alto se ergue na parte leste do disco, ao *Mare frigoris*, que se estende pela região circumpolar do norte.

O interior do projétil.

Era, portanto, um documento precioso para os viajantes, pois assim poderiam estudar o terreno antes mesmo de chegar.

Eles também levavam três fuzis e três espingardas, com munição explosiva; levaram, também, pólvora e balas em enorme quantidade.

— Não sabemos quem encontraremos — dizia Michel Ardan. — Homens ou animais podem achar incômoda nossa visita! É preciso nos precaver.

Os instrumentos de defesa pessoal eram acompanhados de picaretas, espátulas, serras e outras ferramentas indispensáveis, além de roupas adequadas para qualquer temperatura, do frio polar ao calor tórrido.

Michel Ardan queria levar na expedição certa quantidade de animais, mesmo que não um casal de toda espécie, pois não via a necessidade de povoar a Lua com cobras, tigres, jacarés e outros bichos perigosos.

— Isso não — explicava a Barbicane —, mas alguns animais de carga, boi ou vaca, burro ou cavalo, combinariam com a paisagem e nos seriam muito úteis.

— Concordo, meu caro Ardan — respondia o presidente do Gun Club —, mas nosso vagão-projétil não é a arca de Noé. Não tem a mesma capacidade nem o mesmo fim. Portanto, atenha-se aos limites do possível.

Enfim, após longa discussão, foi combinado que os viajantes se contentariam em levar uma excelente cadela de caça que pertencia a Nicholl e um vigoroso terra-nova de força prodigiosa. Diversos engradados dos grãos mais úteis foram acrescentados ao rol de objetos indispensáveis. Se dependesse de Michel Ardan, ele teria levado também alguns sacos de terra para semeá-los. De qualquer modo, ele selecionou uma dúzia de arbustos, que foram envoltos com todo o cuidado em uma camada de palha e posicionados no canto do projétil.

Faltava, então, a questão importante dos víveres, pois era preciso preparar-se para o caso de aterrissarem em uma região completamente infértil da Lua. Barbicane se organizou tão bem que conseguiu separar alimento suficiente para um ano inteiro. Porém, para que ninguém se espante, devemos acrescentar que os mantimentos consistiam em conservas de carne e legumes reduzidos ao menor volume possível pela força da prensa hidráulica, contendo um alto índice de nutrientes; não eram refeições muito variadas, mas ninguém devia se fazer de difícil em uma expedição daquelas. Havia também uma reserva de aguardente que podia chegar a cinquenta galões[1] e água potável para apenas dois meses; na realidade, acompanhando as últimas descobertas astronômicas, ninguém duvidava da presença de certa quantidade de água na superfície lunar. Quanto à alimentação, seria absurdo acreditar que terráqueos não encontrariam nada para comer lá em cima. Michel Ardan não tinha a menor dúvida. Se tivesse, nem teria decidido viajar.

— Além do mais — disse um dia aos amigos —, não seremos abandonados pelos nossos camaradas na Terra, e eles não nos esquecerão.

— Não, claro que não — respondeu J. T. Maston.

— Como assim? — perguntou Nicholl.

— É muito simples — respondeu Ardan. — O canhão não continuará aqui? Ora! Sempre que a Lua se apresentar nas condições favoráveis de zênite ou de perigeu, ou seja, cerca de uma vez ao ano, não seria possível enviar projéteis carregados de comida, que aguardaremos no dia determinado?

— Viva! Viva! — exclamou J. T. Maston, imaginando. — Disse muito bem! É certo, meus caros amigos, que não os esqueceremos!

---

1. Cerca de duzentos litros.

— Espero que não! Assim, vejam bem, teremos notícias regulares do globo e, do outro lado, seria muita falta de jeito não encontrarmos modo algum de nos comunicar com nossos queridos amigos na Terra!

Essas palavras inspiravam tanta confiança que Michel Ardan, de postura determinada e firmeza inabalável, teria convencido o Gun Club inteiro a segui-los. O que ele dizia parecia simples, elementar, fácil, de sucesso garantido, e seria preciso um apego até mesquinho a esse miserável globo terrestre para não acompanhar os três viajantes na expedição lunar.

Após organizar os vários objetos no projétil, a água que serviria de mola foi introduzida entre os compartimentos, e o gás de combustão, contido no recipiente. Quanto ao clorato de potássio e hidróxido de potássio, Barbicane, com medo de atrasos imprevistos no trajeto, levou quantidade suficiente para renovar o oxigênio e absorver o gás carbônico durante dois meses. Um aparelho muitíssimo engenhoso, de funcionamento automático, era encarregado de renovar o ar e purificá-lo por inteiro. O projétil, portanto, estava pronto, e faltava apenas encaixá-lo no canhão — o que seria, por sua vez, uma operação cheia de perigos e dificuldades.

O obus enorme foi levado ao cume de Stone's Hill. Lá, gruas poderosas o agarraram e sustentaram, suspenso, acima do poço de metal.

Era um momento eletrizante. Se as correntes arrebentassem sob aquele peso imenso, a queda de massa tamanha certamente teria causado a conflagração do algodão-pólvora.

Felizmente, nada disso aconteceu. Algumas horas depois, o vagão-projétil desceu devagar pelo cano e foi descansar na camada de piroxilina, um verdadeiro edredom fulminante. O único efeito da pressão foi comprimir com mais força a carga do canhão.

— Perdi — disse o capitão, entregando ao presidente Barbicane a quantia de 3 mil dólares.

Barbicane não queria aceitar o dinheiro de um companheiro de viagem, mas precisou ceder à obstinação de Nicholl, que pretendia quitar todas as dívidas antes de deixar a Terra.

— Então, tenho apenas uma coisa a desejar, meu caro capitão — disse Michel Ardan.

— O quê? — perguntou Nicholl.

— Que o senhor perca as outras duas apostas! Assim, é garantido que não acabaremos perdidos na viagem!

26

FOGO!

Chegou o 1º de dezembro, o dia fatídico, pois, se o disparo do projétil não ocorresse naquela noite, às 22h46min40s, mais de dezoito anos passariam antes que a Lua se apresentasse nas mesmas condições simultâneas de zênite e perigeu.

O tempo estava maravilhoso; apesar da aproximação do inverno, o sol resplandecente banhava em seu eflúvio radiante aquela Terra que três habitantes abandonariam em prol de um novo mundo.

Quanta gente dormiu mal na noite anterior àquele dia aguardado com tanta impaciência! Quantos peitos foram sufocados pelo peso esmagador da expectativa! Todo coração palpitava de alvoroço, exceto o de Michel Ardan. O personagem imperturbável caminhava de um lado para o outro com a agitação típica, mas nada nele denunciava uma preocupação além da habitual. Dormiu tranquilo, como o sono de Turenne, logo antes da batalha, na mira do canhão.

Desde o amanhecer, uma multidão incalculável inundava os campos que se estendiam ao redor de Stone's Hill até onde alcançava a vista. A cada quinze minutos, a ferrovia de Tampa trazia mais curiosos; a imigração logo tomou proporções fabulosas e, de acordo com os cálculos do *Tampa Town Observer*, durante aquele dia memorável, 5 milhões de espectadores caminharam pelas terras da Flórida.

Já de manhã, uma multidão incalculável.

Fazia um mês que a maior parte da multidão acampava ao redor do recinto, montando a base de um povoamento que passou a ser chamado de Ardan's Town. Barracas, cabanas, choupanas e tendas se espalhavam pela planície, e as moradias efêmeras abrigavam uma população numerosa o suficiente para causar inveja nas maiores cidades europeias.

Todos os povos da terra estavam representados; todos os dialetos do mundo eram falados ao mesmo tempo. Era uma confusão de línguas digna dos tempos bíblicos da torre de Babel. Ali, as diversas classes da sociedade americana se misturavam em absoluta igualdade. Banqueiros, agricultores, marinheiros, comissários, corretores, fazendeiros de algodão, negociantes, barqueiros, juízes conviviam com uma desenvoltura primitiva. Os *créoles* da Luisiana fraternizavam com os arrendatários de Indiana; os *gentlemen* do Kentucky e do Tennessee, assim como os elegantes e altivos moradores da Virginia, conversavam com os caçadores quase selvagens da região dos Grandes Lagos e com os comerciantes de gado de Cincinnati. Enfeitados com chapéu de castor branco e aba larga ou de chapéu Panamá clássico, vestidos em calças de algodão azul das fábricas de Opelousas, envoltos em blusas elegantes de linho cru, calçados em botinas de cores espalhafatosas, exibiam bofes de renda extravagantes e, na camisa, nos punhos, nas gravatas, nos dez dedos, e até nas orelhas, uma variedade cintilante de anéis, broches, brilhantes, correntes, argolas e berloques cujo preço altíssimo em geral era proporcional ao mau gosto. Mulheres, crianças e criados, em roupas também vistosas, acompanhavam, seguiam, precediam e cercavam esses maridos, pais e mestres, que pareciam chefes de clã em meio às famílias enormes.

Na hora das refeições, era impressionante ver toda essa gente cair de boca nas iguarias peculiares dos estados do sul e devorar, com um apetite que ameaçava o abastecimento da Flórida, aquela comida que seria repugnante ao estômago europeu, como fricassê de rã, macaco refogado, ensopado de peixe, gambá assado, timbu malpassado ou guaxinim grelhado.

E que variedade de licores e bebidas acompanhava tal comida tão indigesta! Que gritos empolgados, que vociferações envolventes ecoavam nos bares e tabernas repletos de copos, taças, frascos, jarras e garrafas de formas inacreditáveis, pilões para o açúcar e canudos de palha!

— *Julep* de menta, saindo! — gritava um dos comerciantes de voz retumbante.

— Sangria de Bordeaux! — respondia outro, estridente.

— Tem *gin sling*! — repetia um.

— Coquetel! *Brandy smash*! — gritava outro.

— Quem quer provar o *mint julep* autêntico, a última moda? — gritavam os vendedores espertos, passando sem demora de um copo a outro, com a destreza dos ilusionistas, o açúcar, o limão, a menta, o gelo picado, a água, o conhaque e o abacaxi que compunham aquela bebida refrescante.

Em geral, essas convocações dirigidas às goelas alteradas pela ardência dos temperos se cruzam no ar, em uma algazarra ensurdecedora. Porém, naquele 1º de dezembro, os gritos eram raros. Os comerciantes teriam ficado roucos em vão se tentassem provocar a clientela. Ninguém nem considerava comer ou beber, e, às 16h, muitos dos espectadores circulando pela aglomeração ainda não tinham comido o almoço de sempre. Sintoma ainda mais significativo era que a paixão violenta dos americanos pela jogatina fora superada pela emoção. Ao ver os pinos de boliche caídos de lado, os dados do *craps* parados nos cones, a roleta imóvel, o jogo de *cribbage* abandonado, os baralhos do uíste, do vinte e um, de paciência, do monte espanhol e do faro todos guardados nos envelopes intactos, percebia-se que o acontecimento do dia absorvia qualquer outra necessidade, sem deixar espaço para distração alguma.

Até o anoitecer, uma agitação silenciosa, sem clamor, como aquela que precede as grandes catástrofes, percorreu a multidão ansiosa. Um mal-estar indescritível reinava nos ânimos, um torpor penoso, uma sensação indefinível que apertava o peito. Todos queriam "que acabasse logo".

Porém, perto das sete horas, o silêncio pesado se dissipou de súbito. A Lua surgiu no horizonte. Milhares de vivas celebraram sua aparição. Ela chegara ao compromisso na hora certa. A aclamação subiu aos céus e os aplausos irromperam de todo lado, enquanto a loira Febe brilhava tranquila no céu admirável e acariciava a multidão arrebatada com seus raios mais afetuosos.

Foi naquele momento que chegaram os três intrépidos viajantes. Diante deles, os gritos multiplicaram de intensidade. Unânime e instantâneo, o hino nacional dos Estados Unidos escapou dos peitos ofegantes, e o "Yankee Doodle", cantado em coro por 5 milhões de vozes, se ergueu como uma tempestade sonora até os últimos limites da atmosfera.

Após esse arroubo irresistível, o hino se calou, as últimas harmonias cessaram aos poucos, os ruídos se dissiparam, e um rumor silencioso pairou acima da multidão tão impressionada. Enquanto isso, o francês e os dois americanos tinham atravessado o recinto reservado ao redor do qual se aglomerava a imensa multidão. Eles iam acompanhados pelos membros do Gun Club e das delegações enviadas pelos observatórios europeus. Barbicane, frio e calmo, dava com toda a tranquilidade as últimas instruções. Nicholl, de boca fechada e mãos cruzadas atrás das costas, caminhava a passos firmes e comedidos. Michel Ardan, sempre desenvolto, vestido de aventureiro da cabeça aos pés, com caneleiras de couro e bornal na cintura, nadando nas roupas amplas de veludo marrom, de charuto na boca, distribuía, no caminho, apertos de mão calorosos com generosidade principesca. Ele transbordava de verve, de alegria, rindo, brincando, fazendo com o digno J. T. Maston piadas infantis — em suma, era francês e, pior ainda, parisiense até o último segundo.

Soou as 22h. Chegara o momento de se instalar no projétil; a manobra necessária para descer, aparafusar a placa de isolamento e soltar as gruas e estruturas penduradas na abertura do canhão exigia certo tempo.

Barbicane tinha sincronizado o cronômetro, na precisão de décimos de segundo, com o do engenheiro Murchison, encarregado de botar fogo na pólvora por meio da faísca elétrica; assim, os viajantes enclausurados no projétil poderiam acompanhar o ponteiro irredutível que marcaria o instante preciso da partida.

Chegou, então, o momento da despedida. A cena foi comovente. Apesar do entusiasmo febril, Michel Ardan se emocionou. J. T. Maston encontrou, sob as pálpebras tão secas, uma lágrima antiga que, sem dúvida, reservava para aquela ocasião. Ele a derramou na frente do querido e corajoso presidente.

— E se eu fosse? Ainda dá tempo! — disse ele.

— Impossível, meu velho Maston — respondeu Barbicane.

Alguns instantes depois, os três companheiros de viagem estavam instalados no projétil, cuja placa de abertura aparafusaram por dentro, e a boca do canhão, livre e desimpedida, se abria para o céu.

Nicholl, Barbicane e Michel Ardan estavam muito bem confinados ao vagão de metal.

Como retratar a emoção universal que chegava, então, ao ápice?

A Lua avançava no firmamento de pureza límpida, apagando, na passagem, o fogo cintilante das estrelas; percorria a constelação de Gêmeos, quase no meio do caminho entre o horizonte e o zênite. Era fácil entender, portanto, que a mira se adiantasse ao alvo, assim como o caçador mira à frente da lebre que deseja atingir.

Um silêncio horripilante pesava na cena. Nem um sopro de vento na terra! Nem um sopro de ar no peito! Coração algum ousava bater. Todos os olhares temerosos se dirigiam fixamente para a goela escancarada do canhão.

Murchison acompanhava o ponteiro do cronômetro. Faltava apenas quarenta segundos para soar o instante da partida, e cada momento durava um século.

No vigésimo segundo, houve um tremor universal, e ocorreu àquela multidão toda que os audaciosos viajantes trancafiados no projétil também contavam os segundos terríveis! Gritos isolados escaparam:

— Trinta e cinco! Trinta e seis! Trinta e sete! Trinta e oito! Trinta e nove! Quarenta! Fogo!!!

Murchison apertou o interruptor do aparelho, estabeleceu a corrente elétrica e disparou a faísca no fundo do canhão.

Uma detonação apavorante, inédita, sobre-humana, que ninguém saberia descrever, incomparável à troada dos raios ou ao estrondo das erupções, ocorreu no mesmo momento. Um jorro de fogo imenso irrompeu das entranhas da terra como se saísse de uma cratera. O chão se ergueu, e foi por pouco que algumas pessoas conseguiram, por um instante, entrever o projétil que rasgava vitoriosamente o ar em meio ao vapor flamejante.

Fogo!

27

TEMPO FECHADO

No momento em que o jato incandescente se ergueu aos céus em altura extraordinária, a difusão das chamas iluminou a Flórida inteira, e, por um instante incalculável, a noite deu lugar ao dia em uma área considerável do estado. A imensa pluma de fogo foi vista do mar a cem milhas dali, tanto do golfo quanto do Atlântico, e mais de um capitão de navio anotou no diário de bordo a aparição do gigantesco meteoro.

À detonação do canhão se seguiu um verdadeiro tremor de terra, que estremeceu a Flórida até as entranhas. O gás da pólvora, dilatado pelo calor, empurrou com violência incomparável as camadas atmosféricas, e o furacão artificial, cem vezes mais rápido do que um furacão de tempestade, atravessou o ar como uma tromba d'água.

Nenhum espectador se sustentou de pé; homens, mulheres e crianças, todos caíram como espigas na tormenta. Houve um tumulto indescritível, uma abundância de ferimentos graves, e J. T. Maston, que em sua imprudência estivera próximo demais, foi jogado vinte toesas para trás, passando como uma bala de canhão por cima da cabeça dos conterrâneos. Trezentas mil pessoas ficaram momentaneamente surdas e atordoadas pelo estupor.

A corrente atmosférica, após derrubar as barracas, revirar as cabanas, arrancar as árvores das raízes em um raio de vinte milhas, descarrilhar os trens da ferrovia até Tampa, tombou na cidade como uma avalanche e destruiu uma centena de edifícios, dentre eles a igreja de Nossa Senhora e o novo edifício da Bolsa, que rachou de uma ponta à outra. Algumas embarcações do porto, colidindo entre si, desmoronaram, e uma dezena de navios ancorados na rada foram arrastados até a orla, tendo arrebentado a corrente como se feita de algodão.

A devastação se estendeu ainda mais, ultrapassando as fronteiras dos Estados Unidos. O efeito do ricochete, acrescido dos ventos do oeste, seguiu para o Atlântico a mais de trezentas milhas da costa americana. Uma tempestade artificial e inesperada, que nem o almirante FitzRoy teria previsto, caiu sobre os navios com violência inédita; diversas embarcações, atacadas pelos turbilhões temíveis sem tempo para reagir, naufragaram, dentre eles o Childe Harold de Liverpool, catástrofe lamentável que foi motivo de recriminações vigorosas da Inglaterra.

Por fim, para não deixar nada por dizer, embora o fato só tenha como garantia a afirmação de alguns habitantes da área, por volta de meia hora após a partida do projétil, o povo de Goreia e Serra Leoa supostamente escutou uma comoção distante, o último deslocamento das ondas sonoras que, atravessando o Atlântico, foram morrer na costa africana.

Voltemos, então, à Flórida. Passado o primeiro instante de tumulto, os feridos, os ensurdecidos, e a multidão inteira despertaram, e jogaram aos céus gritos frenéticos:

— Viva Ardan! Viva Barbicane! Viva Nicholl!

Milhões de homens ergueram a cabeça, armados de telescópios, lunetas e binóculos, para investigar o espaço, esquecendo as contusões e emoções e preocupando-se apenas com o projétil. Porém, a busca foi em vão. Não o enxergavam mais, e era preciso aguardar os telegramas de Longs Peak. O diretor do Observatório de Cambridge[1] estava a postos nas Montanhas Rochosas, e as observações foram confiadas a ele, astrônomo experiente e determinado.

Resultados da detonação.

Entretanto, um fenômeno imprevisto, embora de fácil previsão e contra o qual não havia o que fazer, logo colocou à prova a impaciência do público.

---

1. Sr. Belfast.

O tempo, até então tão bonito, mudou de súbito; o céu escureceu, coberto de nuvens. Como seria diferente, após o terrível deslocamento de camadas atmosféricas, e a dispersão da enorme quantidade de vapores que provinham da deflagração de 400 mil libras de piroxilina? Toda a ordem natural fora perturbada. Não deveria ser grande surpresa, pois, nos combates marítimos, era frequente ver a mudança brusca do estado atmosférico devido aos ataques de artilharia.

No dia seguinte, o sol nasceu em um horizonte carregado de nuvens grossas, uma cortina pesada e impenetrável entre o céu e a terra, que, infelizmente, se estendia até a região das Montanhas Rochosas. Foi uma fatalidade. Um coro de reclamações se ergueu de todos os cantos do mundo. A natureza não se comoveu; como os homens tinham perturbado a atmosfera com tamanha detonação, decerto deveriam enfrentar as consequências.

Durante o primeiro dia, todos tentaram penetrar o véu opaco das nuvens, mas todos se decepcionaram e ainda se enganavam ao olhar para o céu, pois, considerando o movimento diurno do globo, o projétil estaria passando pelos antípodas.

De qualquer modo, quando a noite veio envolver a Terra, essa noite impenetrável e profunda, e quando a Lua voltou ao horizonte, foi impossível vê-la; parecia até que ela se escondia de propósito dos atrevidos que tinham atirado nela. Portanto, a observação não era possível, e a correspondência de Longs Peak confirmou o contratempo frustrante.

Entretanto, caso o experimento desse certo, os viajantes, tendo partido às 22h46min40s do 1º de dezembro, deveriam chegar à meia-noite do dia 4. Assim, até a data — e como, afinal, era muito difícil observar naquelas condições um corpo tão pequeno quanto o projétil —, a população aguardou com paciência, sem tanto escarcéu.

Na noite de 4 de dezembro, de 20h à meia-noite, seria possível acompanhar o rastro do projétil, que surgiria como um ponto preto em contraste com o disco reluzente da Lua. Porém, o tempo continuava nublado, sem dar trégua, o que levou a exasperação do público ao auge. Chegaram a xingar a Lua, que se recusava a aparecer. Uma reviravolta triste aqui embaixo!

O diretor a postos.

J. T. Maston, desesperado, se dirigiu a Longs Peak. Ele queria observar com os próprios olhos. Não duvidava que os amigos teriam chegado ao destino, até porque ninguém ouvira dizer que o projétil caíra em qualquer ilha ou continente terrestre, e Maston não admitia por um instante sequer uma possível queda nos oceanos que cobrem três quartos do globo.

No dia 5, ocorreu o mesmo. Os maiores telescópios do velho mundo, de Herschel, Rosse e Foucault, estavam invariavelmente voltados para o astro lunar, pois o tempo estava espetacular e preciso na Europa; porém, a fraqueza relativa dos instrumentos não possibilitava nenhuma observação útil.

No dia 6, mesma coisa. A impaciência devorava três quartos do globo. Chegaram a propor os métodos mais absurdos para dissipar as nuvens acumuladas no ar.

No dia 7, o céu pareceu mudar um pouco. Esperou-se, mas a esperança não durou, e, à noite, as nuvens espessas protegeram do olhar toda a abóboda estelar.

Foi então que a situação ficou grave. No dia 11, às 9h11, a Lua entraria no quarto minguante. Dali, declinaria e, mesmo que o céu ficasse mais livre, a chance de observação diminuiria consideravelmente. Na realidade, a Lua mostraria apenas uma porção cada vez menor do disco até alcançar a lua nova, ou seja, pondo-se e nascendo com o Sol, cujos raios a tornariam a tudo invisível. Seria preciso, então, esperar o 3 de janeiro, às 12h44, para revê-la cheia e retomar a observação.

Os jornais publicavam tais reflexões com mil comentários, sem esconder do público que seria preciso armar-se de paciência angelical.

No dia 8, nada. No dia 9, o Sol ressurgiu por um instante, como se para zombar dos americanos. Ele foi vaiado e, sem dúvida, magoado por uma recepção daquelas, mostrou-se muito avarento em matéria de raios.

No dia 10, nada mudou. J. T. Maston estava à beira da loucura, e temia-se pelo cérebro daquele homem tão digno, até então bem conservado sob o crânio de borracha.

No dia 11, porém, uma daquelas tempestades temíveis da zona equatorial se desencadeou na atmosfera. Ventos fortes do leste varreram as nuvens acumuladas por tanto tempo e, à noite, o disco pela metade do astro noturno passou majestoso pelas límpidas constelações celestes.

28

UM NOVO ASTRO

Na mesma noite, a notícia emocionante, esperada com tanta impaciência, alastrou-se como fogo pelos Estados Unidos e, de lá, atravessando o oceano, correu por todos os telégrafos do planeta. O projétil fora visto graças ao gigantesco refletor de Longs Peak.

Eis a nota redigida pelo diretor do Observatório de Cambridge, contendo a conclusão científica daquele grande experimento do Gun Club.

Longs Peak, 12 de dezembro
Aos srs. membros do departamento do Observatório de Cambridge.

O projétil lançado pelo canhão columbíade de Stone's Hill foi visto pelos srs. Belfast e J. T. Maston em 12 de dezembro, às 20h47, quando a Lua já tinha entrado no quarto minguante.

O projétil não chegou ao destino. Ele passou perto o bastante, contudo, para ser capturado pela força da atração lunar.

Lá, seu movimento retilíneo foi transformado em movimento circular de rapidez vertiginosa, que o carregou por uma órbita elíptica ao redor da Lua, da qual se tornou um verdadeiro satélite.

Os elementos do novo astro ainda não foram determinados. Não sabemos sua velocidade de translação, nem de rotação. A distância que o separa da superfície lunar pode ser avaliada em cerca de 2.833 milhas (4.500 léguas).

Agora, duas hipóteses podem se apresentar, modificando o estado da situação:

Ou a atração da Lua acabará por puxá-lo, e os viajantes atingirão o destino;

Ou, mantido em ordem imutável, o projétil gravitará ao redor do disco lunar até o fim dos tempos.

É isso que as observações indicarão um dia, mas, até agora, a tentativa do Gun Club teve por único resultado dotar nosso sistema solar de um novo astro.

J. BELFAST

Quantas dúvidas levantava a reviravolta inesperada! Que situação misteriosa o futuro reservava à investigação científica! Graças à coragem e à devoção de três homens, aquela empreitada de aparência bastante fútil, isto é, de lançar uma bala de canhão na Lua, acabara por ter um resultado imenso, de consequências incalculáveis. Os viajantes enclausurados no novo satélite, embora não tivessem chegado ao destino, ao menos faziam parte do mundo lunar; eles gravitavam ao redor do astro noturno e, pela primeira vez, o olho poderia penetrar todos seus mistérios. Os nomes de Nicholl, Barbicane e Michel Ardan deveriam, portanto, se tornar para sempre famosos nos meios astronômicos, pois tais exploradores ousados, ávidos por expandir o alcance do conhecimento humano, se lançaram audaciosamente através do espaço e arriscaram a vida na tentativa mais estranha dos tempos modernos.

De qualquer modo, quando o relatório de Longs Peak foi a público, dotou o universo inteiro de uma sensação de surpresa e medo. Seria possível auxiliar aqueles corajosos terráqueos? Não, sem dúvida, pois eles tinham escapado do alcance da humanidade ao ultrapassar os limites impostos por Deus às criaturas terrestres. Eles poderiam produzir ar por dois meses. Tinham alimentos para um ano. E depois? Os corações mais sensíveis vibravam com tal dúvida terrível.

Um só homem se recusava a admitir o desespero da situação. Um só homem confiava, e era o amigo devoto, audaz e decidido como os três: o corajoso J. T. Maston.

Ele não os perdeu de vista. Seu domicílio passou a ser o posto de Longs Peak, e seu horizonte, o espelho do imenso refletor. Assim que a Lua surgia no céu, ele a fixava no campo do telescópio, não a perdia de vista um instante e a acompanhava com assiduidade no trajeto pelo espaço estelar; observava, com paciência eterna, a passagem do projétil no disco de prata, e, sincero, o homem manteve comunicação perpétua com os três amigos, que acreditava que voltaria a ver.

— Nós nos corresponderemos com eles — dizia a quem quisesse ouvir —, assim que as circunstâncias permitirem. Teremos notícias deles, e eles, de nós! Além do mais, eu os conheço, e são homens sagazes. Entre os três, levaram ao espaço todos os recursos da arte, da ciência e da indústria. Com isso, se faz o que quiser, e vocês verão: eles vão conseguir!

SOBRE O AUTOR

Jules Verne nasceu em Nantes, na França, em 1828. Foi para Paris para estudar Direito, mesma profissão do pai, e lá se apaixonou por literatura e teatro. Em 1863, Verne teve o primeiro livro publicado, *Cinco semanas em um balão*, que rapidamente virou um best-seller. Depois do acontecimento, o francês passou a dedicar-se apenas à literatura e escreveu mais de setenta livros ao longo de quarenta anos. Entre suas obras mais conhecidas estão *Viagem ao centro da Terra* (1864), *Da Terra à Lua* (1865), *Vinte mil léguas submarinas* (1870) e *Volta ao mundo em oitenta dias* (1873).

TIPOGRAFIA: Media77 - texto
Uni Sans - entretítulos
PAPEL: Pólen Natural 70 g/m² - miolo
Couché 150 g/m² - capa
Offset 150 g/m² - guardas

IMPRESSÃO: Ipsis Gráfica
Fevereiro/2025